紙礫EX

①

色街旅情

本橋信宏 編

皓星社

目次

真率なる人生記録!!

坂口《さかぐち》安吾《あんご》・阿部《あべ》定《さだ》

坂口　おそくに伺いまして……。

阿部　もうガスも出ないんで、お茶も沸かせないから、これでも（ブドウをすすめながら）いつも停電しましてネ、ちょっと前に点いたんですよ。（坂口氏の出す名刺を見て）坂口安吾先生ですか、ああ、そうですか。とてもいい本をお書きになって……。

坂口　僕はネ、阿部さんのこの前の事件も、あれくらい世間にセンセイションを起したものはありませんけどネ、しかし、あれは明るい意味で人々の印象に残ったもので、阿部さんを悪い人だと思った人は、あの頃一人もなかったのじゃないか、と僕は思うのですよ。（阿部さんは下を向いてジッと聴いている）それで今も阿部さんがいろいろと話題になるということは、やっぱり、どこかしらに人々の救いになってる、というような意味があるんだろうと私は思うのです。今度阿部さんは告訴されたけど、むしろ阿部さんの御心境や何かを、大胆率直にお話なさったほうが、かえっていい結果を及ぼすのじゃないかと思うのですよ。

阿部　はあ……。

坂口　阿部さんは大きな話題になったけども、阿部さんをほんとに悪い人間だと思ってる者は一人もありませんよ。文学の上から言いますと、あらゆる人間はそういう弱点を持っている。ただ阿部さんはそういうことを率直におやりになったというだけで、だからみんな同感して、なにか懐しむような気もちがあるんじゃないかと思うのですよ。もし悪い犯罪事件でしたら、決してそんなにいつまでも問題になるもんじゃありませんよ。阿部さんがいつまでも問題になるのは、その意味で非常に名誉なことじゃないかと思うんだ。人間ていうものは身勝手なもので、いつだって自分の救いを求めているんですから、自分に不利益なことを何遍も問題にするわけがないんです。兇悪な犯罪を二度も三度も世の中が思い出すという例はないんです。織田作之助《おださくのすけ》君は「妖婦」という小説を書いていますが、しかし、あれは題は非常に悪いんですけど、内容は決してあなたを傷つけるものじゃなかったと思うんだ。

阿部　先生とあの方と同じような書き方ですね。――そうじゃないんですか。

坂口　まあ、大体は似てるかも知れません。

阿部　あとの人は、とても下品だもの、ね。

坂口　あなたの告訴されたあの本を書いたのなんか、文筆家じゃないんですよ。――で、阿部さんはこれからどうなさるお考えですか。

阿部　それはまだ考えてないんです、これから先のことは、ね。どうなるのか判らない……。

坂口　それはそうでしょう。非常によく判りますね。

阿部　それにこのことが早くきまりがつけばね。でも、どういうふうにきまりがつくのか判らないし、いま気もちが落着いてないんですの。自分の家を出ているし……。あたし、いま考えてみると、あの織田先生が書いたなら、こんなに怒ンなかったかも知れないわね。あんなに下品に書かないから……。

坂口　しかし世の中の評判というものを、そんなに問題にする必要はありませんよ。一体あなたはあの事件を後悔なさってますか——僕は悪い事件じゃないと思うけど。

阿部　そりゃア、別に後悔してませんね。今でも、あんなことしなきゃよかったかしらん、と思うけども、やっぱし、そうでしょうね。ちっとも後悔してないんです。死んだ人に悪いけどもネ。——それが自分でも不思議なんだけど。

坂口　いや、不思議じゃない。それが大切なことなんですよ。あなたはそういうことをハッキリおっしゃるべきですよ。

阿部　あたし、先生の本は好きなんですよ。最近の「堕落論」なんていうのネ、あれ読もうかと思ったけども、高いから……。

坂口　そうですか。じゃ、ひとつ贈りましょう。

（しばらく沈黙）

阿部　あたしのことを、みんなが誤解してんのよ、ねぇ。

坂口　そう。しかし……。

阿部　ほんとの気もちは、なかなか口で言ったって判らないけど、ただそんなことだけでそういうふうにしたっていうふうに思ってるから。

坂口　しかし、それはネ、案外そうでもないんですよ。人間ていうものは二つの心があるから、一つの心でエロ本を面白がる。しかし、もう一つの心、内面では、ちっともあなたを悪いと思っていない。そういうもんですよ。

阿部　あたしはみんなもそうなんじゃないかと思うの。あたしみたいな考えを持ってて、ただしなかっただけのことなのね。

坂口　無論そうなんです。そうなんですよ。だから、みんなあなたに同情してるんですよ。ただエロ本を読む気もち、読者の気もちというのは別ですからね。それはネ、あなたがモデルであっても、なくても、問題にしなくってもいいんですよ。

阿部　でも、いい人が書けば、あんなゲビた書き方はしないでしょう。

坂口　それは勿論そうですね。

阿部　ずいぶんヘンなふうに書いてるけども、いい人の書いたのは下品でない、ね。あんなバカバカしい、あれじゃ、ほんとに可哀そうだ。……でも、いくらあたしがこういうふうに言っても、世間の人は、やっぱし見直してはくれないだろうと思ってね。

坂口　しかしネ、それは問題にすることないですよ。自分が理解される、されないじゃなくてネ、根本は自分ですよ。

阿部　でも、告訴しなけりゃ、あたしは世間の人に誤解されてたんですのよ。告訴したから判ったけど、今まであんたが本を出したり、お芝居したりして、お金儲けしてたと思ってた、なんていう人があるんです。ずいぶん浅間《あさま》しい誤解ね。可哀そうだわ。

坂口　僕はこういうことを思うんですよ。新聞なんていうものが、阿部さんは死者の冥福を祈っているとかそういう生活をしているとか書くでしょう。それがいけないんだと思う。むしろ阿部さんが大胆に自分の心情を吐露されれば、みんなに判ると思うのです。僕は万人が自分の胸にあることだと思うんですよ。あなたはそれをおやりになっただけなんだ。だから、万人が非常に同情したんです。だから、ヘンな言いわけはなさらんほうがよろしいんだ。

阿部　あたしは言いわけはちっともしてないんです。あの人をああいうふうにしたことについては、あたしは言いわけはしないんです。あれはあれでいいんです。あたしは今でも満足なんです。あんなことをしなけりゃよかった。なんて思ってないんです。だけど、世間がただ肉慾のことだけであたしがしたように思うでしょ。そのために少し言ってるんです。それと、あたしが隠れて一生懸命まじめに暮していたのに、それをこういうふうに騒いだでしょ。毎日毎日寝られない日ばっかし続いたんです。ラジオなんかでも言うしネ、とてもいやだったんです。だから、とにかくこういうことを無くしてもらいたいと思って告訴したんですの。ほんとは、あたしがうまく書ければ、自分の気もちを書いてみたいくらいなんです。あたしには書けないからね、あたしに代って書いてくれればと思うけどネ、そういう人もないし……。人の気もちはむずかしいからね。

坂口　むずかしい、まったく。

阿部　ずいぶん手紙なんか来るんです。ほんとにあたしを思って言ってくれる手紙なんか、とても嬉しいんだけど、石川県だの九州だのでやってるお芝居なんて、ほんとにひどい。あたしを軽蔑してるんですよ。そんなことをしちゃ可哀そうだわ、死んだ人が。……それもあたしが何か浮ついたことしてる時なら、まだいいけどね。……お芝居なんてひどいのよ。あのことから裁判の所もやるんですって。だから、弁護士なんかが出てくるらしいわ。でも、若い学生さんからまじめな手紙をもらったりすると、嬉しいですわ。

坂口　みんなそう考えてるんですよ。そういう手紙をよこさない階級も、みんなそうなんですよ。――僕は阿部さんなんか、一番純情な人だと思うんです。そういう純情一途な思いを、阿部さん自身が少しも偽らずに言ってしまえばいいんです。それがエロになる筈は絶対にないんだ。純情一途の思いというものは、決してエロになりっこないですよ。そういうことが大切だと思うんです。

阿部　でも、あたしがあの時のことを後悔していないッて言ったならば、ずいぶんおかしく響くでしょうね。

坂口　いや、響きません。僕は絶対に響かんと思う。

阿部　それが心配だから、ほんとのことはなかなか言えないのよ。

坂口　決してヘンに響きませんよ。ほんとうのことを言うのが一番大切なんじゃないかナ。

阿部　あたしが後悔してないと言っても、先生ならば、そこをうまく考えるわね。今までの小説を読んであたしが知ってるから、そう思うんだけど、世間の人は、あんなことをして悪いと思ってないのかッて、また誤解するでしょう。

坂口　そんなものじゃない。

阿部　先生なら、この深い気もちは判っていただけるだろうけど、あたしは、今あの人がいれば嬉しい、なんてことも思わない。——そういう立入ったことは、あたしは言うの厭なんだけど。

坂口　それは阿部さんの場合だけじゃないですよ。

阿部　本に書くっていうことは、ほんとに後に遺るからね。うっかりしたことを喋ったら、なんだ、後悔してないのか、なんて思われるでしょ。そうじゃなくてネ、ねぇ、あたしの気もち判るでしょうよ。

坂口　よくわかりますよ。

阿部　あたしはいま安心しているんですよ。あの人がいないから安心しているんです。あたしは安心して、自分ですることをしちゃったから、今度はまじめに、そういうふうな感情のない人と一緒にいるんです。ただ漠然と一緒にいるんです。ちっとも感情なんかないんです。その人には申し訳ないけど……。さりとて、あたしなんか学もないし、手に職もないから、独りで生活していくっていうのは、やっぱり結婚生活に頼らなくちゃならないでしょ。だけども、愛情なんていうことは、あれ以来あたしは全然抛っているんです。だから、あの人がいないほうがいいと思って、安心して暮していいるんです。静かに暮していいるんです。信仰生活もしてますけど。

坂口　しかし、あの人だけが問題じゃないでしょう。私はやっぱり、あなたのもっと重大な時機はズッと前にあったんだろうと思うナ。

阿部　どういうこと？

坂口　あなたのもっと若い時、幸福になっていればよかった。そういう時代があったんだろうと思うナ。

阿部　そんなこと、なかったわ。

坂口　一度も？

阿部　ええ。割りと恵まれなかったんですもの。自分の出発点が間違っていましたから……ですから、ほんとの愛情を持ったとか、このまんま死ぬまでこの生活が続いたらいいと思うような境遇になったことがないんです。で、あの時だけそういう気もちになって、それが最後になっちゃったわけなんです。だから、あの人が奥さんも何にもない人だとしたら……。それでもああいうふうになったかも、それは判ンないけど……。だからあたしにとっては初めの終りなんですよ。今はもう全然そんな気もちがないの。

ラジオなんて、ずいぶん言ってたわ。終戦後ふた月くらいの時と、それから憲法発布の時ね、昭和十一年度の事件だって、二・二六がどうのこうのッて、そのあとであたしのことを……。それから新聞でも書いたけど、厭だなァ、まだあたしのことを言って、と思ったんです。それでも我慢していたんですけどネ、「りべらる」に出て、そのほかにも出て、また夏ごろラジオで言ったんです。そうして単行本けど、ただ男とふざけるとばかり書いてるんだから……。織田さんが書けば、それほど怒ンないかも知れない。ほんとの気もちを出してくれればいいが出て、とても厭ンなっちゃったんです。

坂口　「妖婦」は途中までですけど、決して悪いものじゃないんです。

阿部　それでも名前を出せば厭ですけれど。

坂口　じゃ、阿部さん、若い時、ほんとうに夢みたいに男が好きになった、ということはなかったんですか。

阿部　とにかく最初騙されてネ、――騙されたっていうとおかしいけれど、子供みたいな年のころで、好奇心もあってネ、そのころ処女じゃなくなったんです。それから後は転々といろいろに暮してましたから、そういうふうな時がなかったんです。ですから、あれが初めてなんです。あの三十二の、あの時がね。その時まで結婚生活は全然なくて、世帯を持っても蔭の生活だとか、芸妓をしてたとか、かりに旦那があっても、それは好きッていうんでなくてネ、商売の、フーッとした生活でしょ。心からその人を好いたッていうことは、初めてだったんですよ。三十くらいになってそんなことはおかしいかも知れないけれど、それはほんとのことなんです。一生、恋しない人もあるから、ね。

坂口　今はもう気もちはズッと落着いておられますか。世間の悪口とか、そんなことは別にして、家庭の生活は、生きる満足とか慰さめとかいう、毎日毎日が楽しいと感じておられますか。

阿部　ええ、このことが始まるまでは、平凡に静かでしたね。その代り、熱もなかったけど。毎日が楽しくて楽しくてという生活ではなかったけど、ごくあり来りの、朝起きて、ごはん食べて、夜になったら寝るっていう、ただ平凡なスーッとした生活なんです。ですから、今までいた家の近所の人から手紙が来て、あなたがそうだったなんて信じられない、帰っていらっしゃい、なんて言ってくれるんですよ。今度はあたしネ、いい意味で働いてみたいと思うんです。そんなことを宣伝して儲けるなんて、そんな汚くじゃなくネ、社会事業なんていっちゃ大きいけど、あんなことをやった人が今度はこんなことをやってる、偉いねッて言われるようなことをやってみたいを思うんです。それが何だか、まだ判らないけど。

あたしも吉井《よしい》マサ子になりきって、かりにも浮ついたこともなく、一つには信仰もありましたけど、それで満足して、これでいい、あたしがあんまり幸福じゃ、死んだ人に申し訳ない、と思って静かに暮してたんです。それがこういうふうになっちゃって、今さら引っ込みがつかないでしょ。だから、どうせウンと言われたんだから、今度は偉いと言われることをやってみたいと思うんです。何かいいことを、ね。

坂口　それはいいことですね。

阿部　あたし、学問があればいいんだけど、言うことや書くことがうまくないから……。

坂口　そんなことないですよ。世間のそんなことは問題にしないほうがいいですよ。

阿部　あたし、立派に書くことができれば、本を出してやりたいくらいですよ。

坂口　世間ていう奴は物好きだから。

阿部　これからどうやって暮したらいいか、今の人はこの騒ぎが起きてから、どこかへいっちゃったんですよ。あたしは吉井マサ子で結婚してましたからね。知らないで夫婦になったんでしょうけど。

坂口　そんな、逃出すなんてないですよ。そんな人とは離れてもいいと思いますね。

阿部　今度はあたし、チャンと阿部定で配給を取ろうと思ってるんです。

坂口　かえってそれがいいですよ。

阿部　でも、家庭が破壊されちゃったんです。あの発表があって、夫が家を出てから、もうやがて一ト月になりますもの。

坂口　強く生きることですよ。

阿部　そう？

坂口　あなたがしっかりしてゆくのが、かえって非常にいいことなんです。

阿部　あたしの今までの間に間違ったことっていうのは、あれだけなんですものね。まだほかにたくさんいろんなことがあるのならば、しようがないけど、あれだけだったんですもの。

坂口　いや、間違いといっても、純粋な意味で間違いということは、ちっとも悪いことじゃないんだから、これからだって、あなたが間違いをやったって、ちっとも悪いと思っていないんです。

阿部　みんなだって、自分の男に対してそう思ってるだろうと思うんですよ。ただ、いろんなことを考えて止すだけでしょ、きっと。だから、何でもないでしょうね。
坂口　そうですよ。強く生きるといいんだ。阿部定を隠して生きるなんていいことじゃないですよ。
阿部　ええ、今度はチャンと出して、偉いわねッて言われるようなことをやりたいと思ってるんです。
坂口　それはいいですね。しかし、それからがむずかしいですよ。その時に腐ったりしたらダメですね。闘いですから。
阿部　どうしたらいいでしょう。
坂口　それはあなたの情熱の問題だ。それをあなたがやり通そうという、命懸けみたいなものを持って事に当らなければダメですよ。人にちょっと言われて引っ込んだりしちゃ……。
阿部　ええ、今度は……。
坂口　じゃ、強く生きてください。あんまり晩《おそ》くなりますから失礼します。
阿部　そうですか——。何にもお構いできませんで……。

阿部定さんの印象

坂口安吾

阿部定さんに会った感じは、一ばん平凡な下町育ちの女という感じであった。東京下町に生れ、水商売もやってきたお定さんであるから、山の手の人や田舎《いなか》育ちの人とは違っているのが当然だが、東京の下町では最もあたりまえな奇も変もない女のひとで、むしろ、あんまり平凡すぎる、そういう感じである。すこしもスレたところがない。つまり天性、人みしりせず、気立のよい、明るい人だったのだろうと思う。

この春以来、私の家の女中は三度変った。そのうち二人は東京の下町育ちで、一人は天理教、一人は向島《むこうじま》の婆さん芸者であるが、この二人はどう見ても変質者としか思われず、ヒネくれたところや歪んだところがあったが、お定さんには、そういう変質的なところが少しも感じられない。まったく、まともな女なのである。お定さんの事件そのものが、そうなので、実際は非常にまともな事件だ。

僕がお定さんに、なんべん恋をしましたか、と云ったら、たった一度なんです、それがあの人なんです、三十二で恋なんて、おかしいかも知れないけど、でも一度も恋をしないで死ぬ人だってタクサンいるんでしょう、と訴えるように僕を見た。然し、この恋という言葉は、お定さんの自分流の解釈で、お定さんは男が好きだったことは少女のころから有ったのである。けれども、いつも騙された。相手がいつもダマすつもりで近づいてくる男ばかり、いかにも女らしい、そして人のよい、こういうタイプの人々は、だいたい男にダマされやすいタイプじゃないかと私は思う。

つまり好きな男に好かれた、それをお定さんは恋と云っているので、それがあの人一人であったという。思えば気の毒な人なんであるが、又、お定さんの言う通り、でも恋を知らないで死ぬ人だってタクサンあるんでしょう、という。その通りである。好きな人に好かれる、ある意味では、そんなことはメッタにないのかも知れない。だから、お定さんがどんな幸福で、夢中であったか、名誉も金もいらないという一途な性質のものであったことがうなずける。

思うに、お定さんに変質的なところはないが、相手の吉さんには、いくらかマゾヒズムの傾向があったと思う。吉さんは恋の陶酔のなかでお定さんにクビをしめてもらうのが嬉しいという癖があった。一般に女の人々は、本当の恋をすると、相手次第で誰しもいくらかは男の変質にオッキアイを辞せない性質があり、これは本来の変質とは違う。女には、男次第という傾向が非常に強い。

たまたま、どこかの待合で遊んでいるとき、遊びの果てに気づいてみると、吉さんは本当にクビをしめられて死んでいた。ただそれだけの話なのである。

いつも首をしめられ、その苦悶の中で恋の陶酔を見ている吉さんだから、お定さんも死んだことには気づかなかったに相違なく、もとより、気づいて後も、殺したという罪悪感は殆どなかったのが当然である。むしろ、いとしい人が、いとしいいとしいと思うアゲクの中で、よろこんで死んで行った。定吉一つというような激越な愛情ばかりを無上に思いつのったろうと思う。そういう愛情の激越な感動の果に、世界もいらない、ただ二人だけ、そのアゲク、男の一物を斬りとって胸にだいて出た、外見は奇妙のようでも、極めて当りまえ、同感、同情すべき点が多々あるではないか。

あのころは、ちょうど軍部が戦争熱をかりたて、クーデタは続出し、世相アンタンたる時であったから、反動的に新聞はデカデカかきたてる。まったくあれぐらい大紙面をつかってデカデカと煽情《せんじょう》的に書きたてられた事件は私の知る限り他になかったが、それは世相に対するジャーナリストの皮肉でもあり、また読者たちもアンタンたる世相に一抹の涼気、ハケ口を喜んだ傾向のもので、内心お定さんの罪を憎んだものなど殆どなかったろう。

誰しも自分の胸にあることだ。むしろ純情一途であり、多くの人々は内々共感、同情していた。僕らの身ぺんはみなそうだった。あんな風に煽情的に書きたてているジャーナリストがむしろ最もお定さんの同情者、共感者というぐあいで、自分の本心と逆に、ただエロ的に煽ってしまう、ジャーナリズムのやりがちな悲しい勇み足であるが、まったく当時は、お定さんの事件でもなければやりきれないような、圧しつぶされたファッショ入門時代であった。お定さんもまた、ファッショ時代のおかげで反動的に煽情的に騒ぎたてられすぎたギセイ者であったかも知れない。

実際、そうだろう。お定さんの刑期は七年だか五年だか、どう考えたって、長すぎる。僕はせいぜい三ヶ月か半年、それも執行猶予くらいのところと思っていた。人を殺した、死体に傷をつけた、といってもどこにも犯罪的な要素は殆どないではないか。純愛一途のせいであり、むしろ可憐ではないか。

やっぱり時代のギセイであった。あのセンセーショナルなところが軍人時代に反撥され、良俗に反するからというような、よけいな刑期の憂目を見た原因であったと思う。

実際に又、お定さんは時代の人気をあつめたもので、お定さんが出所するとき、警察の人々が特に心配してくれて、特別に変名を許可し、変名の配給書類をつくってくれた。その変名の配給書類で、お定さんは今日まで、誰にもさとられず(隣の人も知らなかった)平凡に、つつましく暮してきたのであった。

どんな犯罪でも、その犯罪者だけができるというものはなく、あらゆる人間に、あらゆる犯罪の要素があるのである。小平も樋口もわれわれの胸底にあるのだ。けれども、我々の理性がそれを抑えているだけのことなのだ。中には、とても、やれないような犯罪もある。去年だか、埼玉だか、どこかの田舎で、ママ子を殺して三日にわたって煮て食ったという女があった。こんなのは普通やれそうもないけれども、然し犯罪としてやれないのではなく、問題は味覚に関することで、蛙のキライな人間が蛙を食う気がしないのと同じ意味に於て、やる気がないだけの話なのである。

お定さんの問題などは、実は男女の愛情上の偶然の然らしめる部分が主で、ほとんど犯罪の要素はない。愛し合う男女は、愛情のさなかで往々二人だけの特別の世界に飛躍して棲むもの。そんな愛情はノルマルではない、いけない、そんなことの言えるべきものではない。そういう愛情の中で、偶然そうなった、相手が死んだ、そして二人だけの世界を信じて、一物を斬って胸にひめるという、八百屋お七の狂恋にくらべて、むしろ私にはノルマルに見える。偶然をさしひけば、お定さんには、どこにも変質的な、特別なところはなくて、痛々しく可憐であるばかりである。思ってもみたまえ。それまで人生の裏道ばかり歩かされ、男には騙され通し、玩弄されてばかりいた悲しいお定さんが、はじめて好きな人にも好かれることができた、二人だけの世界、思い余り、思いきる、むしろそこまで一人の男を思いつめたお定さんに同情すべきのみではないか。

然し、お定さんが、十年もたった今になって、又こんなに騒がれるというのも、人々がそこに何か一種の救いを感じているからだと私は思う。救いのない、ただインサンな犯罪は二度とこんなに騒がれるものではない。小平の犯罪などは、決してこんなに再び騒ぎたてられることはないだろう。

人間は勝手気ままのようで案外みんな内々の正義派であり、エロだグロだと喜びながら、ただのエログロではダメで、やっぱり救いがあるから、その救いを見ているから、騒ぎたつような、バランスのとれたところがあるのだろうと思う。

お定さんはもう今後は警察の許可してくれた変名もかなぐりすて、阿部定にかえって、事業をやるそうだ。そして、あの人が、今はあんなにしている、エライものだ、そう思われるような人々の為になる仕事に精魂を打ちこむのだと決意している。

まったく、おそすぎたぐらいのものだ。堂々と本名をだして、いささかも羞じる必要のないお定さんであったのである。然しまったく羞じ怖れ隠れずにいられない、平凡な、おとなしい、弱々しい、女らしい女のお定さんであるから、隠れずにもいられなかったであろうが、思い決して、世に名乗りでて、人々のタメになる仕事をやり、あんな女が今ではあんなに、エライものだと言わせてみせるという、まことに嬉しいことではないか。

しかしまた、世の大方の人々が、ただの好奇心からお定さんをエロ本にしたてて面白がる、それも又仕方のないことで、私はそれを咎《とが》めたいとは思わない。それは本当のお定さんとは関係のないもはや一つの伝説であり、それはそれでいい。

しかし今日、八百屋お七がなお純情一途の悲恋として人々の共鳴を得ているのに比べれば、お定さんの場合は、更により深くより悲しく、いたましい純情一途な悲恋であり、やがてそのほのぼのとしたあたたかさは人々の救いとなって永遠の語り草となるであろう。恋する人々に幸あれ。

浅草

花魁少女

薔薇《ばら》蒼《そう》太《た》郎《ろう》

空の茜《あかね》が国技館の円屋根の背景になって、最早くろずみかけた河畔の家並み越しに、船の窓から眺められた。

明治の昔から、一銭蒸汽とかぽんぽん蒸汽とかいわれている、隅田川を下る汽船の船脚は、おりからの引き潮に乗って、にぶく澱んだ水面に流れ漂う汚物を掻き分けながら、なめらかに下って行くのである。吾妻橋を離れてから、明治のリズムを全身に覚えさせてくれる船全体のふるえが、どこか虚無に似た淋しさにとらわれている白木を、遥かな遥かな心のふるさとびとに抱き締められて行く、やすらかな気持に、ほぐされて行くようだ。

確かにそう言えば、白木の心には子どもっぽい部分が多いのか、あるいはいつまでも成長して行かない部分があるのか、どうにもならない幼稚さに全身を握られてしまうときがある。ときどきふと思いをめぐらすこともあるのだが、それは結局この歳になっても、しっかりとした人生観も、生活意欲も薄くて、全くその日暮しに一日一日を消しているに過ぎない上、しかも限りなく孤独であることが、ますますそうした単純な、墓場の中の幼児にしてしまったのではないかと考えるよりほかないのである。

浅草六区の中でも、ずうっと観音堂よりに一軒ぽつんと離れた木馬館《もくばかん》が、しばしば白木を吸い寄せ、中々はなさないのも、結局は白木の中にある子どもの心がさせる業であるのだろうか。がっくん・がっくん幼児を乗せて廻る木馬のメリー・ゴー・ラウンドの背後からは、四五人の楽士でそれぞれ勝手放題に奏でるジンタのメロディが、狭い館内をおかまいなしに響き返って、幼児の歓声と、チケット嬢のとがった声と、ごうごうがっくん・ごろごろがっくん地響させて廻る木馬台。あの薄汚れた雑音の中を、跳梁して跳ねかえっているおんぼろの古めかしいメロディ。「美しき天然」と言う明治の万人の子ども時代から知っているメロディ。ああ、白木は酔うのである。あくまでも酔っ払ってしまうのである。「美しき天然」の持つ世界への思慕と没入。あのメロディの描く人生とは余りにかけ離れた白木の人生にとって、距離があればあるほど、とらえてはなさぬ魅惑があるのではないか。

ちらと四〇歳の白木に立ち帰る瞬間、ジンタの四五人の眼と、チケット嬢の眼をうかがいながら、くるりと出口へ足を向け換えるのである。

「美しき天然」のメロディの醸し出す甘くのびやかな人生。その波が懐しい。その波に溺れたい。だが白木には飛び込んでいけないのだ。

明治の韻律を乗せて、汽船はやがて両国の停車場に横着けされる。船端からぽんと桟橋に飛んだ白木は、改札口を出ると、電車通りに沿って国技館へ真正面に向って、すっかり薄暗くなった足もとを見つめながら古風な歩みを運んで行く。

たずねる先の老いたる彫刻師山川梅朝《ばいちょう》の寓居は、国技館裏といっても、五六丁も奥まった路地から路地の裏に、汚れたどぶ板とおしめの底にあるといった一室きりの裏長屋の一軒である。山川梅朝などと呼ぶと、何かひとかどの江戸の面影をとどめた芸人らしくも聞こえるけれど、そして、どこか選択のよい縞の着流しに、小さく結んだ角帯姿を見ると、ちょっとそれらしく見えないこともないけれど、その節《ふし》くれ立った指先、ほとんど聞き取れない低いしゃがれつぶれた声。耳の中から覗いている垢、長く延びている二三本の鼻毛。いつも同じに掃除の行き届いていない梅朝を見ると、名が泣くような男ではあるが、外貌ほど汚れていない人間でもあるし、不精者の綺麗好きで、案外清潔な一面も二面もある男なのだ。

歪んだ格子戸を開けて、すぐ障子の裡側の梅朝らしい影法師に声をかけると、むくりとその影が動いて、破れ目のない障子が開き、

「あ、白木さんですね。だいぶお見限りじゃありませんか、ここんところ。じつぁ、あたし心配してたんですよ。お約束の日も過ぎたのにお顔は見えないし。さ、どうぞ」

「気になってたんですが、中々伺う機会がなくって、申し訳ないことしちゃって、で、お願いしておいたもんは、もうできあがった？」

梅朝はくるりと背中を見せて、書物や紙をうず高く積んだ古ぼけた机の端の整理棚の上から三つ目の引出しを引抜いて白木の前へ置くと、紺紙の表紙も新しい和装本を一冊と、同一の和装本ではあるが、他の三冊は古色蒼然としたものとを取り出して、

「ちょっと乙な味のあるものじゃありませんか。先にやらせていただいた『双翼蝶《つがいちょう》』と似てるようで、もっと大まかな味がしましたよ。やはり時代は争われないもんですね」

『婦久阿羅恋《ふくあられ》』と題箋を貼った、梅朝の仕事をした複写本を手にした白木は、一枚ずつていねいに頁

を繰って、原本通りの落ち付いた墨色に再現された変体仮名と墨絵を見ていって、

「いやどうもいつも御手数をかけるばかりで。結構にできましたね。さすがは梅朝老ですよ。お蔭でまた蒐集文書が一冊ふえます。御存知のようななんとなく騒がしい世の中ですし、こうした陽の目を見られないものは、あらゆる人の手から解き放たれて、わたくしなどのような閑人《かんじん》の懐《ふところ》ろへ流れ込んでこなければならない時季だと考えるんですが、そこはやっぱり世間さまは広大無辺の広さとでも申しましょうか、仲々こちらの望むままにはいかないものでして、これなども結局借本の複写のと言うことになっちゃって、あなたの手をわずらわすことになるんです」

「こういう御本でしたら、いくらでもこちらからお願いしたいくらいです。お遠慮なく御申付けください」

「で、御筆稿料の方は?」

「いつもの通りで結構ですから——実は今度またこんな仕事を持ち込まれましてね。ここんとこ、だいぶ長い間彫り仕事から遠ざかってるもんですから、腕のにぶるってこともないはずですが、ちょっと取っ付きにくくて困っています。それに古い浮世絵師の筆ばかり見ていますと、なんだか余り面白い仕事に思えなくって、考えて見れば、それではかどらないんですかね。とにかく当節の画伯の線はつくづく甘えもんだと、つい鼻を鳴らしたくなります」

そこに出された奉書大の絹地を手に取って見ると、天地左右を闇の墨色にぼかして、一双の桃山屏風

を背景に、現代の若い男女の構図で、極彩色の密図である。北斎《ほくさい》風に線描された、眼に泌み込むようにとろんとした緋の縮緬が、腰からぱらりとすれ落ちようとして、牡丹の花を開かせている花蕊《かずい》から、白くぬめぬめとじっとりした青春の双脚が、空《そら》ざまに今にも消えていきそうに投げ出されていて、あ、と息を呑み込ませる視覚への訴えを展開している。

「ほう、近来珍らしい大判ものですね。この原図から一体何枚位の版下をお書きになるんで——」

「これはもう疑いなく三十度は版を重ねなければ、望む通りの色は出ませんね。ちょっとした仕事ですが、金に糸目はつけないと言う誠に結構なお約束だもんですから、その点ではまぁ安心してゆっくり腕がふるえるんです」

「へえ。で、一体これはどちら方面からの御註文？」

「それがどうもお名前は憚りますけれど、それにしても、一体なんに使うんでしょうね？」

「そりゃ、お金儲けにきまっているんでしょうが、益々うるさくなって来たはずの当節、このいまいましい大判ものの開板《かいはん》とは、こりゃおどろきですな」

「おどろきどころか、おどろきの重ね餅ですよ。全くお金儲けなどとは縁の遠い、なんと、さる筋からさる筋へと、うるさがたの本家本元を素通りに、こわいところへ納まるんだってことですから、なんともはや」

「あ、そうですか、そうですか」

絹地を両手に持って、深くうなずきながらも、白木自身すら判ったような判らぬような言葉を吐くと、その話題からは二人共逃れ去るように、他の話題へ移っていった。
「歌麿《うたまろ》の毛がき霜夜の四畳半
梅朝子歌麿うつす夜ながかな
絵姿のきよき眺めや梅朝居
船の中で泛《うか》ぶままにこじつけて見たんですが」
白木は途上船中での即興吟を披露すると、ものに応ずるかのように、
「毛彫憂き彫師や朝の諸味《もろみ》酒
近作ですが如何でしょう。も一つあります。
諸味酒毛彫命に彫りにけり」
「ほう――諸味は諸味丈けで通じますね。酒と言うと重ねることになるんではありますまいか。いかがでしょう」
「それに実は、季があるのかどうか疑問ですね。でもこの頃の心境ですから、困ったものですよ」
「酒と言うとまた思い出しますね。例の婆妓奈《ばぎな》亭はどうです」
「さあ、大分御無沙汰していますが、お伴願えましたら」
そそくさと四辺を片付けると、部屋の隅に置かれた、この古ぼけた一室にあるすべてのものが薄っす

らと塵を被ってぼやけている中に、ただこれ一つ不似合に白い肌を見せている、高さ五尺ばかりの白木の箱の前に膝を突くと、立て掛けてある蓋を外して、じっと中へ顔を突っ込んでいるのであるが、やがて、

「失礼致しました」

と立ち上って、外出の仕度にかかる。

「梅朝老はいいなぁ。いつも見せ付けられるたびに思うんだが『お咲《さき》人形』に捧げる誠ですね」

「ほんとにお恥しい。全くお恥しいんですけれど、この人形一つのためにあたしの身状がどうにかこうして続けられているんですから、お笑い草ですよ」

自嘲を含めて、でもしみじみとした声音になる。

梅朝が、愛玩と呼ぶには余りにも執着し過ぎているこのお咲人形は、どんな姿態をしたものが、誰と言う人形師の手になったものかさえ、梅朝自身一度も洩らしたことがないのだから、知る由もないのだけれど、見せられたことがないだけに、白木には一層何かただならぬ妖しさ、ただならぬ美しさを思わせられるのである。

生なきものを、生あるものとした錯覚の上に立って、心からなる愛情が注げるものだろうか。けれどまた、ほんとうに少年を愛する男に取っては、少年が女装をしていようと、有《あり》の儘《まま》の姿であろうと、溺愛の生きものであることには変りはないといわれる。ただ愛する対象が女でなく男であるだけのことで、倒錯心理と呼ばれるに過ぎなくて、相愛の少年と男にとって、そんなことは一顧にも値いしないことで

はないか。ならば、お咲人形と梅朝の場合だって、生あるものと生なきものとを置換えてみただけのことであって、ちっとも不思議はないことなのかも知れない。

老境に入って孤独を守る梅朝の経歴など知る由もないのだし、どこから見ても、永くつき合って来ている今日でも、そんな人形との二人暮しに満足している男の異常性格と言ったものは、てんで白木には感じ取ることができない。

しかしこれは、確かに白木自身の異常性が、他のすべての異常性を飽和してしまって、感じさせないのかも知れない。身分丈けはちっとも異常でなくって、随分多数の他の異常性格者を冷めたく眺めて来ることができたのだと考えていたのであるが、結局そんなにも凡庸で平凡な白木自身をさえ、やはり環境と、絶えざる摂取が続けられて、徐々に蝕ばまれてきているのであろうか。朱はいつまでも朱であり、緑はいつまでも緑であり得ないのだろうか。

露路へ出ると、どぶ板の上を身軽に伝って行く、板かとまがう薄い梅朝の尖った肩先を追って、両国橋の袂寄り、河岸っぷちの倉庫と倉庫の暗く並んでいる闇の通りに、一つぽつんと提燈の黄色く泛んでいる婆妓奈亭へ、急ぐともなく、それぞれの感懐を深く追いつめながら、口数少なく、それこそこの上なく古風な歩みを運ぶのである。

婆妓奈亭は、薄汚れた磨硝子《みがきガラス》の戸の向うに、黄色く沈んでいる。戸の一枚を開けて這入ると、薄暗くよどんだ空気がアルコールと何か煮締めた匂いに満ちて、顔を襲って来ると言った、いかにも貧し気な酒場であるけれど、壁際の狭い畳敷のじっとりとした座布団に坐って卓上に肱を突くと、なんの虚飾もない部屋の中が、まるでふるさとの山の中の一軒屋の炉端に安坐した、落ち付いた気安さを覚えさせる。客種も附近の労働者がコップ酒を引っ掛けて帰って行く宵のうちこそ騒々しいが、もうこの時間となると、ほんとに婆妓奈亭の酒を愛する常連だけの世界になってしまうのだ。

梅朝はコップで、白木は盃で、もう卓上には五六本もお銚子が並んで、この店の今夜のラッシュ・アワーも無事に済ませましたと言うことを姿態にあらわした、ゆるんだ格好の女将《おかみ》の揺子《ようこ》も、その肥った臀部を腰掛けさせて、梅朝の注ぐコップから飲んでいる。他に相客もなく、勿論女中などのいない店の中に、梅朝の低い声だけが、それこそ綿々と続けられているだけである。

「それだから独りもんは嫌いさ。全く厭になっちゃうよ。酒さえ這入りゃ女おんなだ。旦那もそれこそいい歳をしてさ、さっさと相手を探しちゃどう？」

「あたしゃね、お揺さん、御覧の通りのお爺さんさ。ね、御覧の通りだよ。勿論もはや身体は言うことをききません。ええ男ではありませんよ、全くの話が。だがさ、そこはそれ眼もありゃ鼻もある、耳もあるって訳でね。やっぱり男のおり粕ってものがいぶってるって訳さ。だから口だけこう達者になっちゃってね。こりゃどうも致方《いたしかた》ござんせんよ」

「そんなものかねぇ、旦那。女だってあれがなくなるともうおしまいで、破廉恥と欲だけの固まりになっちゃうんですってねぇ。歳をとるなんてそんな浅間《あさま》しいことかねぇ」

「お揺さん、そんなことを考えるひまに、うんと楽しんでおくこってすよ。まだまだあんたなぞ、人生の悦びはこれからって時だ――ところで白木さん、あたしなんぞ、もう十年も前に恋女房に先立たれちまって、綺麗さっぱりとした独り暮しって訳ですが、あなたなんぞ男の盛りでござんしょう。どうも訳が判らねぇんですよ。こいつぁ是非一度伺っておかねばならんことだと思いますよ」

「おやおや、梅朝さんにゃ、こちらから是非是非お伺いしたいことがあるんですよ。ね、あの人形のことですよ。そいつをあなたに先を越されちまっては、どうも困ったな」

「こいつは恐れ入りやしたな。ま、例のあれだけは、絶対のご内聞ってことに願いたいもんで。――全く恥かしいやね、人さまに訊いていただく訳にいかねぇ自分の秘密は、全くわれながら困った恥かしさです。心臓が真っ赤になって動悸を打つ恥かしさですよ。しかしね、白木さん、これだけは言えるんです。つまり愛するものの、あたしの心を燃えあがらせた瞬間。ああ、その瞬間のイメージを失いたくないんですよ。ただそれだけ、それだけ」

「梅朝さん、ご商売柄、壊されない美の映像への思慕って訳ですね。でもねぇ、しかし、わたしには判らないね――そう言えば、わたしの独り暮しは、生れてから今日までたった一度だって恋をしたことがない、わたしの心臓の問題なのですがね。しかしこの節、大分変節して来ていましてね、恋と女房とは飽くまで別の世界のものではないかと考えるようになりました。とすれば結局女房なんてどうでもいいものなんで、わたしのような者でもよろしい、女房になりましょうと言う女があったら、たったひとつの条件さえ満たされさえすれば、外のことはどうでもいいのではないかとまで落ちましたよ」

「あらあら、旦那もまぁ虫のいい。そんな頼りない男に誰れが一緒になる女なんてあるもんですか。夫婦は飽くまでも選ばれた一対一なのよ。純情派らしいと睨んだ旦那の口からでさえ、それなんですもののねぇ、全く男はけだものとはよく言ったものよ」

「お揺さん、そこに男と女の世界の分れ路《みち》があるのかも知れないね――」

「違う違う、愛情の腕でがっしり受け止めてくれる男でなくっちゃあ、女は飛び込んでいけないじゃないの？」

「判った判った。そこでまぁ一杯いこう、お揺さん。――ところで、そのたったひとつの条件と言うのは、一体どんなことなんです、白木さん？」

「紅白山の渓谷が頂上から始ってる、つるりとした陶器の肌ざわり――」

臆面もなく言い放って、けろりとしている白木に、

「いよぅ、かわらけ万歳！」

と、梅朝の痩せた手が卓上に延ばされて、白木の掌《てのひら》を握手する。

「梅朝さん、旧作で恐れ入りますが、
さみしくばおっぱい飲めというひとぞ
真実を語る女の息づかい

陶器の肌をなでるときめき

誰あれも知ってくれない、判ってはくれない独り合点の句ですが、陶器愛玩は、最早病膏盲《やまいこうこう》に至って幾とせと言う次第です。お笑いください」

「いや、今夜は実に嬉しい日です。かわらけ党のあたしたちにとって、感慨深い婆妓奈亭の一夜となりそうです」

「わたくしの会本《えほん》蒐集も幾冊と重なっていきますが、案外陶器の肌は少ないものですね。一冊に一図を得れば最上と申せましょう。もっとも申し訳に三本と言うものは相当あるようですが——」

あきれたけだものだよと言った顔で、もはや上半身を心持ちよく前後に揺りながら、搖子はいい気持ちに酔いしれて、でもコップを口へ運び、二人の顔を見比べているばかり。

「肉筆の版本と引っくるめて、江戸浮世絵のすべてが、あたしの狭い見聞では、雄蕊《おしべ》へ食らいついて行く雌蕊《めしべ》の激情に顫《ふる》える様相は、ほとんど真実の姿も、またそれを芸術的に具象化した表現すらも、百に一つ見るか見ないかの淋しい姿ではないかと考えます。背景を消し、衣裳を取り去り、肉体を消し去って御覧なさい。残った花蕊だけを取り出して観賞した時、はたしてあたしの観賞眼に訴えて来る力を持った花蕊がござんしょうか。もとより生きた花蕊の現実は、もっともっと汚れ果てたつまらない形象のものが多いことは知っています。しかしそれでもそれらには生きた血が通っているのです。まして万人にただ一人の真美の極限に坐した花蕊は、決してないとは申せません。そしてそれが芸術に昇華されて表現された浮世絵こそ、あたしたち瑞喜《みずき》の涙を流して膝まずかなければならないものじゃござんせんか――」

いつ裏口から這入って来たのか、その時、縄のれんを分けて店の間へ姿を現わした女が、低い疲れた声で、

「お女将さん、今晩は――」

すーっと這入って来て、真ん中の腰掛け板へ腰をおろすと、影のように少女がも一人その横に並ぶ。

「あ、誰れかと思ったら、おばさんか。なんだか不景気たらしい格好じゃないか――」

「うん、ここんとこ四五日あぶれ通しだもの。人形町を振り出しに、不景気風に捲かれて、婆妓奈亭へやっとたどりつきましたって訳さ。やけだよお女将さん。一杯ぐっとやって、とや急ぎとしようよ。ひめ子も一杯引っ掛けるか？」

「うん――」

ひめ子と呼ばれた少女は、貌姿《ぼうし》は未だ十三四の稚い線を見せて、裾短かにきっちりとメリンスの柄物を着て、赤い帯を小さく結んでいるのに、頭だけは銀杏返えしの大人になっていようと言う、例の呑み屋から呑み屋を風のように渡って歩く、『唄わせてよ』の女である。少女は磨り切れた舞い扇を帯に差し、おばさんはもう五十に手の届こうと言う顔の皺を白粉《おしろい》で隠そうとした厚化粧、やはり銀杏返えしに髪を結って骨張って疲れひしゃいだ薄い膝の上に、胴を風呂敷に包んだ三味線を載せ、ばちの先が胸元

に覗いていようと言う姿。

「お搖さん、なんだかこう嬉しい晩だぜ。ここへ来て一緒にやってもらおうじゃないか」

「そうだお女将さん、わたしたちはみんな淋しいんだ。みんなほんとうは一人ぼっちで泣いているんだよ。人間の皮を一枚むきゃあ、みんな泣き虫なんだよ――」

「旦那、いい御機嫌ねぇ。お酌しましょうか。さ、おさせ姉ちゃんもいらっしゃいな」

搖子が口をはさむ隙もなく、少女のひめ子が細い身体を泳ぎつくように卓上の銚子を執って、二人に差すのだ。

「旦那方もあぶれの口だね？　商売離れて、じゃ、あぶれ同志の酒もりといくか」

おさせもひっそりと呟くと、三味線を置き、手を拡げて大きな延びを一つすると、四人の間へ割り込んで来る。

「おさせさん、疲れてるんだろう。一杯ぐっとやったら、早く帰えってやんなよ。れこがお待ち兼ねだとさ」

「駄目駄目、お女将さん。てんでこの頃うちぃなんぞ寄り付きゃしないのさ。目が出りゃ洲崎の馴染んとこへしけ込むし、すってんてんに取られりゃ席亭の楽屋にごろごろ転ってて、お話になぞなりゃしないやね。それにまた近頃じゃあこのひめ子に眼をつけ出してね、おいらんに売れの芸者に売れのって手がつけられやしない」

「おさせ姉ちゃん、あたい芸者よりおいらんの方が好きだよ。いつだってかまわない、なって見せるわよ――」

「あーあ、あたしゃあきれたよ。色狂いのお仲間入りは真平《まっぴら》だよ。あたしゃもう寝るからね。みなさんお帰えりは裏口から願いますよ。とにかく表は締めたし、それからここへ一升瓶を置いとくからね。じゃ後は頼んだよ」

「お搔さん、お勘定はめんどうだろうが、これでよかろう、払っておきますよ」

梅朝は懐中から出した袱紗包《ふくさづつみ》の札入れから、なにがしかの札をつまみ出して、お搔の手に握らせ、ついでに札の何枚かずつを、ひめ子とおさせの膝の上へ、人間の脂《あぶら》の染み込んだ紙の重さで、しっとりと落してやった。

「おや、乙な真似をするじゃないか」

「お搔さんは寝たり寝たり。お互い抱き合ってなぐさめ合いたい、東京のどん底のあぶれ仲間だよ。おあしなんてものはおてんとさまと一緒について廻ってるもんだ。水入らずでゆっくりやりやしょう」

お搔は身体でそこらをこつくようにして、縄のれんをくぐって店の間から姿を消すと、間もなく住いの部屋の鍵を中から下ろす音をさせて、乱暴に万年床へもぐり込んでしまったらしい。

「梅朝さん、江戸の昔から、親のために苦界へ身を沈めた娘たちは、それこそ数え切れない程の数にのぼりましょうが、その娘たちのほんとうの叫びが訊きたいものですね」

「ひめ子は残念ながら、実の娘じゃないのよ。もう遠い昔だものねぇ、ひめ子を拾ってやったのは――」

「おさせ姉ちゃん、あたいいつも夢に見るのは、おいらん姿に着飾って、綺麗な若旦那の傍に坐っているあたいよ。ふわっとした柔かくって甘ったるい、とてもいい気持ちよ。あたいの運命はもうおいらんに定まっているのね。それにあたい、もう子供じゃなく大人なんだもの。どんなことだって恥かしいことなんかない。大人なんてどんなものだか、ちゃんと知ってるんだもん」

「そんなに飲んじゃ帰えれなくなるよ、ひめ子――ほんとに仕様のないおやじでね、暇さえあればからかって計り、ろくなことは教えやしないものだから――」

「あら、おじさんが手ほどきしてくれたのよう。今度はこう言う変ったのをって、色々教えてくれたのよう。だからさ、唄わせてくれるお客が、そっと腰の廻りを抱き寄せて、撫でたりなんぞされたって、へっちゃらさ。そんな時よ、あの唄を唄ってお客を馬鹿にしてやるのは――」

おさせは、白木の膝に上半身をもたせて、こましゃくれた口をきくひめ子の、蒼《あお》く釣り上った眼のうちを、じっと凝視《みつ》めて、ふいと顔を醜く歪めると、ぽろっと一滴その細い眼から涙が落ちたのを、誰れも知らない。

「白木さん、今夜の前座はかわらけ談義に幕を開けて、おひめちゃんと言う真打ちの登場があり、これから愈々《いよいよ》本舞台に取り掛ろうってことになって来るんだが、ところで今夜はあなたの身体をそっくりあたしにお任かせくださるでしょうね。こいつぁ、定法通りの仕来りでござんしょうからね」

「いけませんね、梅朝さん。淫するも溺れるべからずって言うじゃありませんか。ひめ子氏のような恐るべき子供を覗いただけで、結構過ぎる今夜だったじゃありませんか」

「かわらけ命《いのち》に徹する限り、その弱音はきこえませんよ。ね、白木さん、もひとつ是非あたしゃ訊いていただきたいことがある。あたしゃ本職の絵師と言う訳じゃありませんが、版下ばかりなぞっているうちに、門前の小僧なんとやらで、ちったぁ腕に自信ができて来ましたよ。女房が死んで、五十を越してからの一念発起がなんだったとおぼしめす。花蕊のすべてを網羅した、絵巻ものなんです。勿論絵空《えそら》ごとは厭でしたから、名前と歳を記録した、閉正・開正・閉横・開横位の精密な写生です。この歳であるためと、財力の不足のためと、あたしだって江戸っ子の一匹だ、浅ましくみみっちい真似をしてまではやりたくない気性から、未だ未だ仲々満足するところまでは遠い道なんです。二十歳過から五十歳位までは、どうにかできあがっているんですが、それ以下の若い歳のものとは、段々遠くに離れて行くばかりの有様で、全くどうにもならない淋しさです。それにあたしの狙いは、雄蕊に燃えつく雌蕊の激情に顫える姿なのですから、あたしに取っては無理な仕事なんですが、今月は是が非でもおひめちゃんを、あたしの絵巻ものに加えたいんです。四人揃って、あたしの発見してある、この上なく快適なホテルへお伴いたしましょう」

物《もの》の怪《け》につかれでもしたように、切急に語る、赤くてらてらとアルコールのにじみ出して来た梅朝の、熱のこもった語勢に押されながら、ふと、あの上原と言うその道のボスのサービスの内のひとつ、男と女の秘事の見世ものを、最早既にたびたび見せられているのだが、思い出さずにはいられない。では、白木の役廻りはなんだろう。ああ、その男の方の役目を果たしてくれと言うことではないか。

「今日まで見損なって来たかと思うと残念ですよ、梅朝さん。わたしに、そんな役廻りをさせようなどとは、太い心得違いだ」

「いや、考え違いなすっちゃ困りますよ。部屋の中でのあなたはあなたの御自由です。どうしてくれなぞとお願いはしないんです。ただおひめちゃんにつき添って、おひめちゃんのするように、あなたもあなたで、自由に振るまえばいいんです。結局あなたとあたしとそれぞれ違った角度から、おひめちゃんを観賞すればそれでよろしい。それでもあたしが眼障りだったら、あたしの姿、人間の姿は掻き消して、外のものの中へ隠れ込みましょう。あたしに取って欲しいのはおひめちゃんだけ。あなたの身体などあたしの眼にはうつりっこないんです——ここんとこをよく考えていただきたいもんでござんすよ」

「……」

眼をあげると、梅朝とおさせとの間には、ひめ子についての取引契約が結ばれたらしく、盛んにコップが遣り取りされていて、二人共すっかり上機嫌に打ち解けている。

アルコールの駈け廻ぐる白木の混乱した頭脳へ、びしびしと響いて来るものは、「ひめ子は陶器の肌。ひめ子は陶器の肌」と言う二人の会話の切れっ端である。

「ひめ子、さぁ行くんだよ――お立ち」

「おいらんになるんだよ、おいらんに――」

ひめ子はすっかり白木に噛りついて、銀杏返えしの髪を崩しながら、喘えぎ喘えぎ呻吟《しんぎん》しているばかり。

梅朝とおさせは、酔いしれた二人を抱きかかえ、婆妓奈亭の裏口から、物音を殺した用心深さで露路を出て街路に立つと、しんとした深夜の黒い倉庫の屋根の上に、残忍に白い三日月が細く掛かっている。

通りかかりのタクシーを呼び止めた梅朝は、クッションの上へ三人を押し込むと、自分は隅に小さく腰を下ろし、

「六丁目のホテル探幽《たんゆう》へ」

運転手にそう言うと、ふうーっと酒気をひと思いに吐き出して、がっくり後頭部を窓硝子に押し付け、三人の酔いしれ果てた姿に流し目をくれて、深々と満足気にその眼を閉じるのである。

続 花魁少女

蒼く沈んだ深夜の底、宏大な工場の石塀が続いている一画の端ずれにぼうと霞んでホテル探幽のネオン・サインが泛んでいる。

深夜業を続ける軍需工場は、コンクリートと硝子に密閉された建物の中で、轟々《ごうごう》と唸りを上げて機械が回転しているのだろうに、外からは、ただ、薄暗らく汚れた硝子から洩れる光と、太く高い煙突からもくもくと空へ吐き出されて行く黒煙と、だけしか見ることができないのだから、その裏手石塀に密着して、街路から落ち込む低さに建てられた、ペンキ塗り安手な二階建のホテル探幽へは、騒音のまぎれ込む心配もなく、いつもひっそりとして、愛用する常連以外の世間からは、隔絶された存在としか見えない。

玄関の扉を開けて這入ると、正面の帳場囲いの蔭から、女将の顔がにゅうっと出て、すぐにお馴染みの山川梅朝の姿を認めて、

「いらっしゃいまし。大分ごゆっくりじゃございませんか」

「女将さん、いつもの部屋は空いている？　今晩は二部屋都合して貰わなくちゃ。ご覧の通り男女四人って次第だから、ここのベッドじゃ雑児寝って訳にもいかないし――」

「おやおや御挨拶で恐入りますね。ちょうど小女も寝かしちゃった後だもんですから、ではどうぞ御案内致します」

女将の後から梅朝は白木を、させ子はひめ子を夫々《それぞれ》抱え上げるように階段を上って、二階の一番奥の部屋の扉を開けて呉れるのももどかしく、窓際に小さい部屋の殆んど半分を占めて置かれているベッドの上へ、大切な併し重い荷物を置くように、白木とひめ子を横たえて終うと、やれやれと先ずベッドの端に腰を下して、

「こんなに更けてからで、実はこのお馴染みの部屋が塞がっていやしないかと心配してたんだ。ありがたいよ女将さん」

「これというのも日ごろの御贔負振りが宜しいからでござんしょう。ほほほほ」

「みんな酔っ払ってるんでね、この水さえあれば結構です。遅いんだからお風呂は朝風呂をいただくことにして、どうぞ遠慮なく就寝《やす》んで下さい」

「お部屋はすぐこの隣りをお使いくださいまし、鍵はここへ置きますから。ではどうぞごゆっくり――」

女将は鍵と箱型の懐中電燈を、ベッドの枕もとの棚に置いて、静かに部屋から去って行く。

部屋の大きさはせいぜい畳敷にしたら四畳半、床はチーク材まがいの板張りで、四方の壁は明るいピンク色に塗り込められ、天井も低くくてまるで船室作りである。部屋に備え付けられたものは、狭いダ

ブルベッド。枕もとにある棚。この棚には電気スタンドや大きな硝子製の水差しコップ、灰皿に電気燐寸《マッチ》などが見える。ベッドと向い合って、姿見の鏡のついた洋服簞笥《だんす》。もうそれでごちゃごちゃと部屋一杯なところへ、凭《もた》れのない小さい籐椅子二つと籐製テーブル一つ。玩具の部屋のように可愛らしく、有情な色艶を湛えて暖かく感じられる。

させ子は籐椅子の一つにだらしなくべったり腰をおろして、白粉の剝げた顔を真赤に上気させ、両の袂を手に持って煽ぎ続けながら、

「ねぇ旦那、あたしゃこんな洋風のお部屋なんぞ初めてお目に掛ったって訳で、なんだか落付けそうもありませんよ」

「この頃のこうした連れ込み宿の安値《あんちょく》ホテルってやつは、みんなこれ式になっちゃってね。それ大分以前から有名な、流行《はやり》の円宿ホテルってのがこれなんだよ」

「ねぇ旦那、急にむしむし蒸し熱くなったじゃありませんか。こりゃ堪らないよ全く」

「その熱い程暖かくしてあるのが、このホテルのたった一つの取柄って訳さ。おさせさん、そうじゃないか、考えても見なよ。せっかくアベックで桃色の夢を結ぼうと思ったって、顫えながら抱き合っていたんじゃ、ほんとうの人肌の味は味わえっこないよ。たった一つのことを、冷めたくむさぼってしまいさえすれば、それで満足する若い人達は幸せさ。ところであたし達のようになると、そうはいかねぇ。たった一つことにだって、薬味を添えなくっちゃ喰べられない。溶けていきそうなとろっと脂切った真

実の人肌に剝《む》いておいて、じっくりとお互い御馳走になったり、なられたりってことにならなけりゃ、到底満足できませんよ。それにはまず第一が部屋の暖かいってことから始まるんでなくちゃ、どうにも仕様がないじゃありませんか。寝室の美学の第一過程が、寝室の温度の調節から這入っていかなければならないってことさ」

「いやだねぇ旦那は、よっぽど好きだよ」

「こりゃ御挨拶だねぇ。しかしよく言うじゃないか、湯上りは格別だって。こいつはおさせさんも御存知のはずだ。温泉宿の流行るのも終局はそれでさぁね。つまる処部屋の温度の調節ができない貧しい日本の家の悲劇だぁね。そりゃあたし達の閨《ねや》の技術は、伝統と人種の特異性とから編み出されたもので世界のどこへ出したってひけを取らねぇものであるはずだけれど、この根本的な寝室の温度の調節の障害が横たわっていた点で、必ず四季の温度に左右されていなければならなかった。絶対的な弱味があったんだねぇ」

倦怠と睡魔に堪えた声で、させ子は合槌を打って、

「なんだか知らないけれど、だってあたしの若い頃を思い出して見たって、真冬のからっ風の吹き荒ぶ寒い宵に、六区の瓢箪池の橋の上で、ショールに顔を埋めて男の来るのを待ったものさ。二重廻しに身を包んで、風に捲かれるように来てくれた男の手を握ると、かーっとして暖ったかくなっちゃって、寒さなんぞは感じるどころか、北風を真っ向に被っちゃってさ、でも感心に観音さまに掌を合わせてお

礼は忘れなかったねぇ」

「ああそうか——そうすると恋の男女に、外界の温度なんぞは不必要な存在って訳になるのかなぁ」

「寒けりゃ寒いで、おお冷めた、こんなに冷めたくなっちゃってるのよぉ、なんかんとしっくり捲き付いて暖めさせるしさ。熱けりゃ熱いで、おお熱い、すっかり汗になっちゃったのよぅ、とかなんとか鼻声を出してさ、お互いすっぽり着物を脱いじゃって、紅いきぬと白いきぬが解けたり解かしたりほんとに身体まで溶け込んじゃうよぅ——」

「おさせさん、大分熱が上ってきたようだが——」

「あい、恐れ入谷《いりや》の鬼子母神さまって訳?」

「左にあらず、左にあらず。だがねぇ、江戸時代からの所謂好色文学を見るてぇと、すべて男女交合描写の背景となる、温度と言うことは絶体に無視された目茶苦茶の状態さ。季節は冬だろうと夏だろうと、作者先生の筆の先に懸ると、すべてこれ常夏の気温の中に進行するのさ。おさせさんがなんと言おうとも、真冬の部屋ん中で、娘っ児が両脚を剝き出しに寝転んでご覧な、きっと五分と経たねぇうちに、作者先生の盛んに吹聴する白い餅肌も、雪の柔肌などだって、みんな必らず鳥肌立ってきて、一時的な鮫肌現象を表わして来るはずさ。恋の炎が身を灼いていたって、零度の空気との接触面は、科学的に冷酷な変化を起すのさ。もしその時、そっと娘の肌を撫でた男は、ざらざらとした人肉の鑪《ふいご》に驚いて、百年の恋も一瞬に醒め果てることになるのじゃないかなぁ——」

「だってさぁ、旦那。まぁそれからを訊いておくんなさいよね。二人手に手を取って、宮戸座の源之助の仇っぽいお芝居を覗いた後、牛鍋でちょっと一杯引っ掛けて、六区裏の安宿へしけ込みの、勿論火鉢はあったって火種はほんの蛍火程度。ぬるっこいお湯にゆっくり二人の肌を暖ため合って、冷めたく冷え切った布団の中へ、結構それでも若い二人には、この上ない花の褥《しとね》だったわさ——おお熱い、いえさこの部屋が熱いと言うことさ」

「熱けりゃ着物をとるといい。あたしもどれ裸になろうか。ご免よ」

梅朝は、帯をとって着物を脱ぎ、晒木綿の肌襦袢と白ネルの腰巻一枚の姿となると、枯れて骨張った肉体は、いよいよ痩せて見えるばかり

「旦那、そこの窓をちょっと開けてくださいな——どうしてこんなに蒸すんだろう」

梅朝は窓を振り返えりもせず、

「この窓は開かずの窓、このホテルの窓はみんな作り附けの開かずの窓。熱けりゃ裸になるしか道がねぇ。スチーム部屋のからくりさ」

「そう言えば、あの二人共死んだように寝込んでるけれど、なんだか汗ばんで、熱そうだねぇ、可愛相に。あんまり旦那の話に夢中になって、すっかり忘れてしまっているなんて」

「むん、そうだ。二人共熱そうにうだっているようだから、一つ手を借して貰って、二人を楽にしてやろうね」

梅朝とさせ子に忘れられたように、ベッドの上に放り出された態《てい》の二人は、大の字なりに手足を延ばして、白木もひめ子も、恥かし気もなく両脚に纏わるものを撥ね飛ばし、黒く長い臑毛も露わな白木の脚に並んで、蠟細工の底に桜の花弁の色を滲ませて、今引き捩《ち》断《ぎ》ってきたひめ子の脚が、メリンスの紅いきぬに隠れた胴体の奥から匂わしくぱっと蹴開らかれている有様。

梅朝はまずひめ子に立ち掛かって、静かに軟らかく、眠りを醒まさぬ丁重さで、帯を解き、扱帯《しごき》を解き、ずるずると袷《あわせ》の着物を剝がしていく、重そうな銀杏返えしの下に、細っそりとして蒼白んだひめ子の顔を見ながら、着くたぶれて手触りのいかにも軟くなっている衣裳を扱っていると、己れが常日頃扱い馴れて来た人形とのままごと遊びを、彷彿として今ここで、ひめ子と再現しているような錯覚に落ち入り、目もくらめく激情が込み上げてくる。

蒼白んだひめ子の目鼻立ちは、こうした職業の女としては珍らしく尖げ尖げしたところが少しもなくて、むしろすべてがのんびりと散らばり、全体の感じがのっぺりとして、指を触れるとつるりと滑り抜けてしまって、肌の上に止めている訳にはいかない滑っこさがある。

最後の扱帯をそっと引き抜いて、歌留多《かるた》散らしの単衣《ひとえ》の長襦袢の前を右と左へ開けおろしてしまうと、ああ、顔と脚だけしか見えなかったばらばらの肢体が、ぐんにゃりとした胴体と継ながって、始めて梅朝の眼に飛び込んでくる。

長襦袢と紅のきぬの上に、延びやかにひめ子の体軀全体が休らいを続けている。蒼白んだ顔と、陽に焼け水に荒れた手先の外は、まるで一連の桜の花に燻んだいぶし真珠の肉の連丘である。蒼臭い少女の体臭が、むっと襲って来る。しかも未だ一瞬といえども止まないであろう生命の生長が、この肌の細胞の一つ一つに息吹《いぶ》き続けられているのが、まるで検微鏡下に蠢めく微生物の動きを見るように、梅朝には判然とわかるのだ。

「うう——」

と低く呻吟《うめ》いた梅朝は、みぞおちの下あたり、深く溝を作って肌に喰い込んでいる、紅のきぬを解き放してやろうと手を延ばすと、もうすっかり白木を裸にしてしまったさせ子が、

「悪るい旦那だね、お止しなさいよ」

梅朝の手をはずすと、自分の身体ごと梅朝を横へ押しやって、ひめ子のはだけた紅のきぬを、膝の上まで打ち掛けて直してやり、それはまるで真実の母のように、右腕でひめ子の首を抱え上げ、左で枕を宛てがって遣りながら、静かに熟睡しているひめ子に囁《ささや》く。

「ゆっくりお就寝み。朝までぐっすりとただ寝込んでしまえばいいのよ——」

「さ、こうして置けば後は二人だけのお話で、嵐になろうと雨になろうと、御自由に遊ばしませって膳立さ。ではこちとらは隣の部屋へ引き取りましょう」

幻想が断ち切られた不機嫌さで、梅朝は己が衣類をさせ子に持たせ、電燈のスイッチを切りもせず、この部屋の扉に鍵も懸けず、隣の部屋の扉を開けて、させ子を押し入れると、

「おや、驚いたわねぇ、お隣と全く同んなじお部屋じゃないの――」

「驚くことはないさ。このホテルの部屋は、どの部屋もみんな寸分変らぬ道具建の部屋ばかりさ。もう夜明けも間近い頃合だ、さぁさぁベッドにもぐって就寝んだり就寝んだり」

させ子は袷の着物を脱ぎ、袷の長襦袢をどうしようかと迷って見たけれど、結局それまで脱いでしまうと、ピンクのきぬ一枚。そのピンクも何遍となく水を潜った品と見えて、もうすっかり色も褪め果てて、ほんのりと泛んでいる程度。顔と手先と膝から下には、判然年齢が刻み込まれているし、少し萎びて垂れた乳房に表われてはいても、肌から遊離して浮いているのではないかと思われるぎらぎらした脂の肌には、四十女のエネルギッシュを思わせるに充分な、穢《いや》しい猥芸さがある。

ベッドに上って横になると、籐椅子に腰を下した梅朝の痩軀を見上げて、

「旦那、早くいらっしゃいよ。あかりも消して――あーあ、ほんとにくたびれちゃったわよー」

「うん、よし」

梅朝は手を延ばしてスイッチを切ると、枕もとのスタンドの光だけが、部屋全体を薄紅く浮び上らせる。

「おさせさん。あたしもすっかりくたびれ果てちゃったよ。それではごゆっくりお就寝み――あたしは外に寝るところもないから、この掛布団にくるまって、床の上のごろ寝といくことにしやしょう。なぁにこの熱さじゃ布団なんぞはいらないんだが、木の床じゃやはりなにか敷かなきゃね」

さっさと掛布団を床《ゆか》に敷くと、後ろ向きに横になり、枕の上に頭を乗せてしまう。

「あーら旦那、それじゃあたしが困るじゃないの。さ、そんな野暮《やぼ》は言わないで、別に据膳供えましょうと言う訳じゃなしここへ上って気持ちよくお就寝みになってよね」

「いいんだよ、いいんだよ。一人暮しの独り寝は、もうすっかり板に付いちゃったあたしの気楽さだ。あたしにかまわずお就寝みな」

「だってぇ——それじゃあんまりだわねぇ。旦那もいい御年配だが、あたしももうこの歳なのょぅ。思慮分別なんてものは、とっくの昔に通り過ぎちゃってるはずの二人じゃありませんか。そんな馬鹿な真似はさせちゃおかれないからね」

ベッドの上から腕を延ばして、梅朝の腕を摑もうとする。くるりと向きを変えて逃げた梅朝は、

「おさせさん、世話を焼かせるものじゃない。失礼ながらお前さんはご亭主のある身体。あたしだって、立て引かなけりゃならねぇひとがあるんだ。御好意はありがた過ぎる程ありがたいんだが、人間踏みはずせねぇ一筋の道だけは、きっちり守らなきゃあならねぇんだよ」

「旦那そう言われると恥入るばかりだけど、だって考えてもみておくれな、たとえ名ばかりの娘にしたところで、今夜始めて人身御供にあげるんだよ。そりゃ娘から望んでしたことにしろ、こいつはそんなことから守り通してやるのがあたしの勤めだろうと思うのに。それをなんだいあの野郎、われとわが手に掛けてさ、とうとうあんな娘にしてしまったんだ。どうせ儚い親子夫婦の縁《えにし》なら、犬に喰われてしまえばいい。ひめ子のために泣いてやるんだか、あたし自身のために泣くんだか、さっぱり判りゃし

ないじゃないか――」

「おさせさん、自棄《やけ》になっちゃ悪いわな。これが憂き世と言うものと、じっくり思案をする時節《とき》だぜ。どうせ淋しい人間が、娯《なぐ》さめ合うのはなんだろう。精神的な繋がりか、肉体的な繋がりか、ほんの僅かな繋がりに、ほんのりとした暖かさを求めて、のたうち廻っているのじゃないか。親子だって夫婦だって、僅かばかりの繋がりを、後生大事にあげつらうばかりのことさ。親子の間だって、夫婦の間だって、淋しさを完全に解決してくれるだろうか。大べら棒な話じゃないか。人間はどこまで行っても一人ぼっちの淋しいものさ。今頃気が付くようじゃ手遅れだ。あるが儘の人の世の姿を、あるが儘に素直に受け取って、それから一人の人間の人生が始まるんだ。どこまで行ってもあたしはあたしたった一人ぼっちさ。おさせさん、御亭主もひめ子さんも、三人共みんな真の姿は一人ぼっちだ。親子だ、夫婦だなんて仮の縁の糸に頼ってたら、向こうからぷつりぷつりと切れて来るんだぜ。そんなことに驚いて、自棄になるなんぞはそれこそ野暮の骨頂よ。さぁさぁ今夜はぐっすり就寝んで、考えるのは明日のことにしたらいい」

声を呑んで泣いているさせ子は、

「ああ、厭だ厭だ――旦那の話を訊いていると、まるで祖父さんに諭《さと》されているみたいだよ、馬鹿らしい。なるようになれってんだ、こうなったら――さぁ、お就寝みなさい、旦那」

「やっと納まったか、やれやれと言うところだ。きっとまたいいことが転り込んでくるわさ。夢でも見て機嫌を直しな」

そっと立ち上ると、スタンドのスイッチを切って、部屋の中を暗くして終い、棚に置いた箱型懐中電燈と、スケッチ帖と鉛筆を取って枕下《まくらもと》に置き、元の姿の横になって、ひっそりと静かに時の経つのを待つ。

待つ間も程なく、疲れ果てたであろうさせ子の不規則な寝息が聞こえ始め、やがてぎりぎりと歯を噛む歯ぎしりさえ断続して耳を打ち始めると、梅朝は闇の中で枕下の品を手探り、立ち上ってすぐ前にある洋服箪笥の扉を開け、すっぽりと姿を隠すと、なかから扉を引き寄せて締めてしまう。

扉を締めた洋服箪笥のなかは、瘦せた梅朝の身体にも窮屈ではあるけれど、とにかく部屋から完全に身体を掻き消すことができる。闇の中で手探りを続けているうちに、後ろの壁板が静かに半分開いて、隣室の洋服箪笥へ抜けることができる。部屋に作り付けられた洋服箪笥は、隣室との壁がない部分にお互いに備え付けられ、背面の壁板が共通になっているのだから、それさえ半開きにすれば、白木とひめ子の寝ている部屋の、洋服箪笥へ抜け出してしまう訳である。低い棚板へ腰を下して、懐中電燈を点《つ》けてスケッチ帖に燈《あかり》を取り、静かに鏡の打ち付けられた背後の板を撫でていると、適当の高さにぽっかり両眼を覗かせるだけの孔が二個開いて、鏡を透して部屋の中が視界へ這入ってくる仕掛けになっている、極くありきたりの装置が施してあるにすぎない。

しかし奇妙なことには、このホテルの経営者は、この装置があることを知らないのだ。もっともこのホテルを建てた経営者は次の経営者に譲り渡す時、肝心な説明を忘れてしまったものらしく、だから恐らく宿泊者自身、苦心惨憺の末発見した者以外に他の利用者はない訳である。

幸か不幸か、梅朝も数少い発見者の一人であるのだが、梅朝の苦心完成を急ぐ絵巻物は、そのほとんどがこの洋服簞笥のなかをアトリエとして、進められてきている。

息を凝して段々眼を板に接近させて行くに従って、始めベッド全体の遠景だったものが、次第に搾《しぼ》り狭められて、ひめ子一人を視線に捕えることができる。少し首を傾けて、小さい唇《くちびる》がぽっかり開いている顔から首へ。わずかばかり盛り上った乳房の上に、有るか無きかの乳首を無理に探がしながら、胸から胴中へ。

ぱっと蹴開いた紅のきぬが、微《かす》かに蠢めいているお腹《なか》の上まで裂けて、そのそこに、ああ、ぽっこりと桜の花片の深かく密着した紅白山が、余りに高く盛り上っている。それは完全に陶器の肌の光沢を帯びて、なごやかにも余りに高く盛り上っている。

「うう——」

梅朝は思わず呻吟かずにはいられない。

梅朝の鑑賞眼からすると、絶品中の絶品である。この一瞬に例えわれ死すとも、露更悔いなき一瞬である。部屋の電燈は益々明るく、深更いよいよ電圧を上げて、残る隈なく照り輝いている。

白木も熟睡しているし、させ子も白河夜船の真最中。ひめ子の身体を独占しているのは、梅朝一人だけだ。しかも熟睡しているひめ子の身体は、熟睡故にさせるのか、時をおいては除々に姿態が崩れ、また立ち直り、また崩れ去って、転々とこそしないけれど、梅朝の望むが儘に、痴態の限りを尽してくれる。

永い時間の経過がやがて暁に近づき、いよいよ、窓の外の光りが強くなり、電燈の光りが輝きを消して来た頃。なんとなく東京と言う大都市の朝の騒音が、遙るか彼方からこの部屋にまで押し寄せてくる。なにの為にと言う訳ではないけれど、白木は睡魔から解き放されて、睡醒の境を彷徨《さまよ》いながら、ぼんやり眼を開ける。と、そこにひめ子の顔が、ひめ子の唇が、泛んでいる。

「おや――」

と白木は卒然として眼が醒めてしまう。ひめ子の顔から眼を放して、部屋を見廻すと、確かにホテルの一室である。部屋は熱く、自分の裸に気が付いて、びくりとしながらも、納得が行くのだし、少女ひめ子と二人っ限りでベッドに横たわっている奇蹟にも、もう驚かない。婆妓奈亭での出来事が、判然甦ってきたのだ。

「そうか、陶器の肌の少女ひめ子――」

白木は、ゆっくり自分の腹を撫でながら、ひめ子の肌を充分鑑賞し始める。

銀杏返えしの髷《まげ》をがっくり枕の外へ落して、血色のいい唇を半開に、深く閉じた両眼の睫《まつげ》が薄く、眼の周囲《まわり》の肉が少し落ちて、蒼白んでいるのが、頰の締った線と、豊かな耳朶全体を包んで蒼白く見せている。だがどうだろう、白木の眼がひめ子の全身を撫で廻しているうちに、ひめ子の肌が微少の脂露を泛べて、まるで生毛のない天鵞絨《びろうど》が息づいているように、蠢めいて迫ってくるではないか。そう思うと、今まであまりに接近しすぎ、包まれすぎて覚えなかった臭覚が、強く働らき始めて、蒼臭く甘い肌の匂が、どこからともなく白木をすっかり包んでいるのに驚く。この甘美で蒼臭い体臭は、絶えず生長して行くひめ子の肉体の細胞が、廃物として投げ棄てていくものから発散する、頽《くずお》れ果てたまやかしのエーテルではあるまいか。白木の嗜慾にとって、これ以上の媚薬は、恐らく求め得られはしない。生涯にたった一度だけでいいから、酔い痴れてみたいと念願し続けてきた夢が、今ここに果たされると考えただけで、これまでの永い年月が、決して無駄ではなかった歓びに、わが生命の火花が散り始めるのを、判然と知ることができる。

やがて中腰に身体を起した白木が、両腕をひめ子の肩の下から軟かく抱き上げて、ひめ子の耳へ囁く。

「ひめちゃん、ちょっと眼を醒まさないかえ」

「ううん――ううん――」

と一二度首を動かし眉を上げただけで、夢中に細く柔らかくしなやかな胴中を、すっぽり白木の腕の中へもぐり込ませてきながら、なかなか眼を醒まし相にもない。だがむしろすぐ起きてくれないのを歓ぶごとく、摑えどころなく滑り廻るひめ子の胴中を両腕の中に締めつけて、

「ひめちゃん、ちょっと眼を醒ましなよ――ねちょっとでいいんだから、お姫さま、お眼醒め遊ばせ――さ、起きな起きな、起きてくださいよぅ」

まるで子守唄のように囁きながら、生毛のない耳朶に唇を触れて、永い間繰り返えしている。

「さ、いい娘だから、眼を醒ましてね——ほんとに可愛いい可愛いいわたしのお嬢さん——もうもう、死ぬほど可愛いいひめちゃん、起きなよ!! あんまり寝てると、目玉が流れるんだってさ、でもいいや、流れたひめちゃんの目玉なら、めろりとわたしが舐めちゃうから」

「うふふふ……」

眼を開けたひめ子の顔が、唇から崩れるように微笑んで、白木の熱っぽい眼にじっと凝視められると、

「あーら、もうとっくに眼を醒ましてたのよぅ——だって、いろいろ面白いことを喋ってるもんだから、あんまり早く起きちゃ悪いと思ったのよぅ」

重た気な髷と一緒に、胴体ごとつるりと白木の腕の中でにじり下りて、胸の下へ顔をぴったりと隠してしまう。

「ひめ子は人が悪い娘だね、すっかりわたしに喋らせちゃってさ——なぜ起したくなったのか、解る?」

「ううん、そりゃ無理よ、解んないわよ——うふふふ……ああそうね、解ったわ、あたし。ね、花魁ごっこ。そうね?」

「まぁそうかも知れないけれど、ひめ子の寝顔を見ているともうどうにも可愛くって、ぎりぎりと男の機械が猛烈に回転仕始めるんだよ。だけど、それよりもっと大切な話があるんだけれど、それは後でゆっくり訊いてもらうことにして、まず顔を洗って来ようね。昨夜の酒が未だ残ってるみたいで、口が

悪くっていけないからさ。それにはどうしてもこんな可愛いいひめちゃん一人を残しては、とてもこの部屋から出て行けそうにもないからね。一緒につ
き合うかい？」

「うん、いいわ」

「よし、じゃ背負って行ってやろう、さ、背中に摑りな」

ひめ子を背負って立つと、さすがにずっしりと重いのだが、掌で受けたヒンテンはまるく小さく、ペリニウムは飽くまで軟らかい。扉を開けて覗き、人影のないのを見澄すと、化粧室に滑り込んでいく。

さっぱりとした気分になって、部屋へ帰えり、ひめ子をベッドへ下すと、もうすっかり陽は高く登って、東を受けた窓のカーテンが目映《まば》ゆい程である。

「お半・長右ェ門って、いいわねぇ。あたいは大好きよ。お夏・清十郎なんて及びもつかないし、第一清十郎がいないもの」

「この長右ェ門で我慢しておくれだったら、それこそひめ子はお半さまにして見せるよ。大切な大切なわたしのお半さまにしてしまいたいんだよ」

恥らいもなく腕《かいな》を白木の首に投げかけて、薄眼を開けたひめ子は、不思議相な表情を隠しもせず、

「ちっとも花魁にはしてくれないのねぇ――あたい花魁になった夢を考えるのが、一等うっとりとして楽しいのよぅ。あんなうっとりとしたことで、毎日毎日を送るんなら、きっとあたいはミルクになって、溶けて流れてしまうんだわねぇ」

白木は、心の故郷から流れて来る甘美なメロディを訊かされてでもいるように、すっかり少年の日の夢に彷徨い果て、涙と情け心が、満々として全身をゆたぶり始め、大浪のように打ち寄せる慕情に戦慄《わなな》きながら、掌はちちへんをしっかり押し包んで、指は一心にてをま探《さ》ぐっているのだ。

「花魁と言うものはねぇ、紅く華麗でゆったりとした絹の衣裳を着け、それを脱ぐとその下には、燃えあがる緋の長襦袢をぴったり着て、肌には緋縮緬のきぬが、ふくよかなその腰を一振り振ると、ぱらりと解けて滑り落ちる用のためにのみ纏っているのだよ。ひめ子を花魁にして上げるには、そう言う花魁衣裳にこのあどけない身体を包ませて、ほんとうの美しい花魁ひめ子太夫にしてから、金と銀との屏風に囲まれた、明るい部屋で、錦絵のようなお床入りがしてみたいのだよ。させ子さんに承知させてから、今日はひめ子の衣裳を探がしにいくんだよ」

すっかりなつすに身体を打ち濡らして、夢は何処《いずこ》を駈け廻っているのか、ただ空間を彷徨う眼差《まなざ》しで、

「あい、嬉しいわねぇ、ひめ子をほんとうの花魁にしてくれるのねぇ。きっといい花魁になって見せるわよ」

人間の持つ言葉の種類のもの足りなさに惑いつつ、われとわが譫言に泣き濡れて、涙の溢れくる、瞬間から瞬間へである。

白木はもうすっかり理性を失い、前後を忘却して、神楽坂の待合船玉のお色からは、道徳大学亀八教授の、夜っぴて愛妓の髪を噛み責める、一夜を訊く機会を与えてくれる、電報を待つ約束の身であるこ

とも、酒場の年増女給貝子が、夜な夜な艶本持参で襲って来て、同棲の前提である同居を求めつつあることも、人形町の料亭吉舌《ひなさき》のおやるが、公休日毎に朝から押し掛けてくることも、そしてお座敷の艶芸で今売出しの芸者梅園こゑん女史には、演《だ》しものにする艶芸の新らしいテーマと木目の細い台本を求められていることすら、今は忘却の彼方に押し込めてしまって、化粧室で判然と確めた牡犬のように盛上ったひめ子の陶器の肌に、ひたすら縋り付いていく白木である。

恐るべき娘達

武《たけ》野《の》藤《とう》介《すけ》

「あいつばかりは、文字どおりの鼻つまみで、百年の恋も一遍に覚めてしまいますからね。あれは、日本女性の悪い特性みたいなものじゃないかしら。もっとも、日本には昔、腰湯という風習があったが、西洋のビデ、あの習慣が羨ましいな。どうですね？」

僕が、わざとらしく眉をしかめてみせると、戦前のことながら、ヨーロッパ生活と、あちらの女性を経験して来ている矢野画伯が、こんな話をするときのそれが癖で、これは初老の照れ隠しか、嫋々《じょうじょう》とした半白《はんぱく》の頭髪を片手で掻きあげ、あの赭顔《しゃがん》に少年のような微笑をうかべて、

「はァ、は、は……清潔好きな君がそういうことを云うようでは、日本の男性は誰しも御経験済とみえますね。冬ならばかけ蒲団《ふとん》が煽風機、いや、煽風機は大袈裟だが団扇《うちわ》がわりになって、さ。ところで、これは僕の、最近の一ツの経験なのですが……」

「やはり、あなたのことなら素人女で？」

「左様。若い人妻です」

「そういう素人女に、かえって、そいつの多いのは……お困りでしょうな」

「そりゃ、あなた、玄人女は万事、心得ていますよ。売りものですからね。商品みたいなものですもの」

矢野画伯が、この若い人妻と、そんな内緒事ができたのは、あるダンス・パーティでワルツを一緒に踊ったのが、そもそもの、馴れ染めだったのだそうである。

「なにしろ、ダンスというやつは擬似性欲みたいなもので、ことに、あのワルツがいけませんや」

僕は黙って、矢野画伯のその経験談なるものを傾聴した。

画伯のその愛人。彼女の夫は平凡なサラリーマン。しかし、かなり裕福な夫婦暮しで、結婚して五六年になるがまだ子供がなかった。夫が毎朝、きまった時間に勤めに出かけると、生活にも余裕のある若い妻は、昼間の、郊外暮しの時間を、とかく、持てあましがちだった。画伯のアトリエも同じ郊外の環線道路のアスファルト道のつづきにあったので、画伯はときどき、青年のように自転車のペダルを踏んで、彼女のところへ出かけて行ったが、

「この若い可愛いマダムは、見るからに清潔で、僕もはじめのうちは、そのことをまるきり感じなかった。家庭でも、それまではたいてい洋装だったらしいが、僕とそんなことになってから、ときどき、和服を着るようになった。こんな色恋には和服の便利なことを彼女は経験によって知ったんだね。そして、僕にも、僕としての経験から、彼女が和服でいるときは、彼女が僕と、その意志でいることも通じるようになった。女性の、この受け入れ態勢は、自然、胸のあたりへも、触れてみればしこりのできたように固くなっていたし、それよりか、そのときの、彼女の濡れたような眼で、僕にもそれとすぐに読みとれたし、いや、それればかりではなく、これは彼女自身の告白なのだが、しまいには、僕とのそれをちょいと考えてみただけでも……」

「なるほど……」という表情で僕が肯いてみせる。

「近頃は、彼女も二六時中、僕とのことを考えているものだから、そこが生理の正直さ。百人一首の、あの沖の石だろうじゃないか。それと気がつけば、これは女性のいじらしさだからね」

「ところで、彼女の御亭主は？」

と、話の中途ながら、僕はそれを訊いてみないではいられなかったが、矢野画伯は、不思議なことを訊かれたような表情で、

「その御亭主とは、若い友人として、あたりまえのようにつきあっているよ」

画伯の乗って来た自転車には、いつでも、鍵がかけられて、玄関のポーチの脇に立てかけてあるのだという。

「しかし、僕も近頃は、いざッというときになって、ああ、これが、初老といわれる年齢か、と……」

僕が、それを同感の意味で肯いてみせたのは、そういう歯痒いにがい経験なら、近頃、僕もちょいちょいわが身で知っていたからだった。この矢野画伯と僕とは、年齢も同年輩で、二三年前に五十歳の声を聞いた初老の身だったが、しかし、どうかすると僕は、画伯とちがって、不惑の四十歳をそこそこに見られたりするのである。が、ほんとの年齢は我ながら争えなかったのだ。

「ところが君。あとで、僕も自分で気がついたことなんだが。それは必ずしも初老の年齢のせいではなかった。その自転車のことが、あの瞬間、ふと、気になったからだ。郊外のこと故、そこの家のポーチが、駅から真ッ正面に、大根畑越しにまるみえ、さ。会社勤めの御亭主が何かの都合で早退けして

帰って来ることもあろうじゃないか。不審なのはその自転車。細君の、近頃の行動に、多少とも肚のうちで疑惑をいだいていたとしたら尚更のことだ。そうっと、足音を忍ばせて、裏のほうへ廻ってみないものでもない。どこかから覗かれておりはしないか。いや、笑いごとじゃない。良心といったのではすこし見当ちがいかも知れないが。この僕でさえ、よからぬことをしているというぐらいの反省みたいなものはある。そいつがいけないンだよ。その反省が、さ。そんな馬鹿馬鹿しいアイデアが思い浮んだ瞬間。すうッと僕の体から消えていくンだから。これは君。肉体よりも精神的にくる場合が多いというが、これなどはまさにその一例だ。それが自分でも気がついていたもんだから、そいつを一遍、どうあっても自分で克服してやりたいと思って……」

画伯も、随分危いことを思いついたものだ。この御亭主が痔瘻《じろう》に悩んでいて、便所から出てくると、いつもプンプンとリゾールの臭いがする。自宅の、そのトイレットが十分間ぐらいはかかる。その十分間を狙って、眼顔で肯き交わして、文字どおりのショート・タイム。なるほど、こんなこともあるとすれば、和服のほうが、便利のはずだった。

「僕はこれでそいつを克服したよ」

「スリルも満点」

「そうさ。彼女も御同様。さッと、坐り直せば、なに食わぬ顔をしている彼女。その早業。いやはや、近頃の若い娘たちはまったく驚くべきものだよ」

しまいには、彼女のほうでも、この早業を楽しむようになったと云うのだ。人妻ながら、その年齢の距離からいっても、画伯にはこの愛人の彼女が、娘のように、可愛いくてならない口吻《こうふん》だったが、近頃の、驚くべき若い娘たちといえば、いつぞや、僕自身にも、そんな経験が一ツあったので……僕はそれをこの矢野画伯に聞かせてみる気になった。

脂粉紅唇《しふんこうしん》という文字を、そのままメイ・キャップしたようなその娘が、いきなり、僕の歩いている前に立ちふさがるようにして、

「私……あなたを知ってるわ」

映画館のザ・ラスト・ラウンドが、今しがた、いっときに、客を吐きだした時刻だったから、十時をすこし廻っていた。

三十年近くも、中央線沿線に住んでいる僕には、この新宿は、いわば、ホーム・グラウンドのようなものでもあったから、このような時刻には、その当時、両側の鋪道に、夜店の並んでいる表通りは、他人の足がこちらの足に絡みつくようで、歩きにくいことを知っていたので、僕はいつでも、伊勢丹の街角、あそこのゴー・ストップを甲州街道へ折れて、バスの発着所のところの露地を右へ曲がる。真ッすぐに武蔵野館の横へ出ると、これが時間的にも、新宿駅の近道になっていた。警察当局の取締り、町の浄化運動などといろいろと喧伝されてはいるが、あの時刻に、ここらあたりを通った者なら誰でも知っ

ているだろうが、その道の上いっぱいに溢れるようにといっても誇張でないほど、パンパンといずれがそれと見分け難く、いわゆる、社交喫茶とやらの客引きの女給が、遊んでいらっしゃいだの、ちょっと寄っていらっしゃいだのと、囁《ささや》くような小声で、そうっと寄りそってきてウインクするのだ。道徳屋の口真似をすれば、これこそ、百鬼夜行とでもいうだろう。男のほうで二歩三歩、ためらいがちに、歩調がすこしでも乱れたとみてとるや、女のねっとりと汗ばんだ指が、もう、男の手を握っているのだ。気の弱い男などは、とても、一人では歩けず、まったく、ここは昔から関所のようなところだったのである。が、僕はいつも平気だった。ひとつにはここが僕のホーム・グラウンドだったからだ。寄りそってきた女に僕は笑顔で軽く手を振ってみせる。かつて歩調などを乱したことがない。

千軍万馬の艶事師とは、我れながら気羞かしくて云いかねるけれど、あの矢野画伯と、いつも話のウマが合うだけあって、女の肉体なら、夙《つと》に、食物の味にも喩えて批評もし、既に数々、経験ずみのようなものであったし、これが終戦になり敗戦になったからといって、急に変った肉体とも思われず、かつは僕の、この、初老という年齢のせいもあったろう。

「私、確かに、あなたを知っているわ。どこかでお会いしたことがあるわ」

「おひと違いだろう……」

僕にはその女の顔に何の記憶もなかった。

「あ、そうかしら?」と、わざとらしくも思われたが、ちょっと小首を傾げるようにして、半信半疑のような表情を見せたが、その顔がさッと赧《あか》く染まっていた。羞恥の赤面か。女のそれを、僕は彼女の隙とみて巧みに身をかわしたのだ。

定期券を持っている僕が、列をつくって、駅の改札口を這入ろうとすると、すぐうしろから、女の声が僕の背中に、

「あなたは……前には、眼鏡をかけていらっしゃらなかったでしょ?」

振り向くとさっきの女。あの武蔵野館の前あたりから僕を尾けて来たのか。僕はそれをちっとも気がつかなかったので、これには少なからず驚いた。急に、この女に好奇心めいた興味を感じてきた。女もパスを持っていて、二人で肩を並べて、あの地下道を歩きながら、

「そりゃ君。産れる時に眼鏡をかけている赤ン坊はないからね」

彼女の云う「前には」というのが、いつ頃のことなのか、勿論、僕には見当もつかなかったし、僕がこの近眼の眼鏡をかけだしたのは、中学の二三年のことだから、今から三十四、五年も前。もっとも、今は老眼鏡で、現にこの原稿を書くのにも僕は老眼鏡をかけているのだ。そんな昔の僕の幼な顔が、今の僕の、どこかに多少は残っていたとしても、眼鏡をかけていなかった僕を、二十四ぐらいの女に見える彼女が知っているはずもなく、それに第一、彼女はまだその頃、人間としても影も形さえもなかったのだから、これは僕にもすこしおかしかったし、女が僕に、きっかけをつけるにしても、いかにもまずい台詞《せりふ》だと軽蔑もした気持で、

「今夜は、もう、商売はよしたのかい?」

が、それには、女は聞えないような顔をして、何とも答えない。

「あなた……吉祥寺《きちじょうじ》ね。さっき、改札口のとこで、ちらッとあなたのパスを見たからよ。私は阿佐ヶ谷なの」

同じ中央線である。僕のあとを、かならずしも尾《つ》けて来たのではないということが云いたかったのかも知れない。

二人は、肩を並べて吊皮にぶらさがったが、電燈の明るい下で、意外にも、僕は彼女の美しさに気がついた。その均整のとれた横顔。教養のある聡明そうな瞳。すんなりと、伸びたかたちのいい脚。これほどの美貌の彼女が、何が故に、「街の女」なんかにならなければならないのだろうか。誰しも一応は、疑問符を打ってみるところだが、その美貌にも似合わず、色褪せているような彼女の服装に、僕が、心に肯いていると、乗った電車が高円寺駅を出端《でばな》れたところで、

「この次が阿佐ヶ谷ね」

女が吊皮の間から、暗い窓外に、眼を走らせるようにして云った。

「あなた、画家さんじゃない?」

「画家。ウム、似たような商売だよ」

「ほんとにあなたは画家さんなんでしょ?」

「誰か、知っている画家でもいるのかい?」

僕はすぐ、あの、矢野画伯のことを思い出したが、女はそれが癖か、またしても聞えないような顔をして、これには何とも答えない。

「私のアパート。駅から三分ぐらいなの。水泳プールがあるでしょ。電車の窓から見えるわ。そのすぐそばよ。ちょっと、寄って、いらっしゃらない?」

僕が、その娘に連れて行かれたのは、倉庫のように暗いアパートで、ところどころ、剥げかかったコンクリートの階段に跪《ひざまず》きそうになりながら昇ると、人間ひとりがやっと、体を横にして通れるような廊下を導かれ、そのつきあたりの部屋。彼女が、ドアに鍵を差しこむ。

僕は煙草にライターをつけて、そのあかりですばやく、名札を読みとった。

宇津木光枝とある。

机の上の、スタンドのスイッチがぱちッと鳴った。整頓された四畳半。小さな本箱。箪笥《たんす》もなければ鏡台さえもない。一間の押入れの下段のほうが、ベッドに改造してあって、その上段の棚に緑色のカーテン。飾りッ気はなかったが、女らしい部屋だったし、何よりも僕に不審だったのは、倉庫のようなアパートの、この一室が、それと似つかわしからぬ清潔さ。僕は、すすめられた座布団に胡坐《あぐら》をかきながら、始めて通された部屋では、それが僕の習慣でもあったが、本箱の背文字にちらりと眼を走らせて、

「君はまだ学生じゃないの?」

と、まず、そう云って訊いてみた。返事をしない。部屋の片隅で、こちらへうしろを見せて、洋服を、タオルのパジャマに着換えていた。その楚々《そそ》としたパジャマ姿にも僕は何か戸惑いした気持だった。ストッキングのガーターをはずしているのである。これから女は脚の皮を剝がしていくのだ。女が、その太腿のつけ根のところへ、指をかけたその刹那《せつな》の煽情《せんじょう》は、これで僕が、もう十歳ぐらい若かったら、いきなり、彼女に跳びついていって、軽々と、彼女の体をそのまま横抱きにして、ベッドの上に抱きあげたろう……と、僕は僕で、そんなことを思っている。

ある女が僕に云ったことがある。

「乱暴ねえ！　あなたは！　それじゃ、抱いて下さるんじゃなくて、まるで摑むんだわ」

十年前は、そういう僕だったが、それが今の僕は、

「学校は、どこ？」

と、このような質問しか云えないのかと、自分であいそがつきた程である。

「あなた。ラジオで、私は誰でしょうってのお聞きになる？　あのフーズ・フーよ。司会者のアナウンサーが、ときどき、学校はどちらって聞くわけね。誰一人答えない。あれ、なぜだかわかる？　あんなジョークでさえ金儲けのためなら学校の名誉のことを考えるからでしょうね」

彼女はうしろ向きのままで云う。ちょっと、皮肉そうな口吻。そして、パジャマに着換えた彼女は、僕の存在をまるきり無視したような態度で、ベッドへ体を投げだすと、

「ここへいらっしゃらない?」

「君は、いったい……」

あとの台詞が続かない。開店早々のパンパンのシンマイか。それとも、男を小馬鹿にしたようなこの態度は、すれっからしのあばずれ女なのか。結局、その判断に迷っているから、僕にはうまい台詞が思いつかないのである。

「前もって金の約束をしなくてもいいのかい?」

「……」黙っている。

「それとも……寝てみたあとで、その商品価値によって、僕が勝手に相場をきめてもいいのかね」

やっぱり返事をしないのだ。

「寝たあとで、僕がもし、君が要求するだけの金を持ち合せていなかったら……」

「そんなの困るわ。私、お金が欲しいンだもの」

「だからさ。もういちど起きて。ここへ来て坐り給え。まず、その、金を約束しよう。ショート・タイムか。それとも……泊って行ってもいいのかい?」

それを約束し、相談して、受け取るべき金を受け取ってからにするのが定法とばかり思っていた僕には、彼女の、このような態度も腑に落ちかねたのである。それとも、金も、もちろん欲しいが、いずれは素人娘の転落には違いなく、開店半年ぐらいにもなっていて、ようやく、男と寝る面白さもわかり、西鶴《さいかく》の言い草ではないが、男気欲しさのためかとも思われたが、それならそれで、選りに選って、僕のような初老の男に言葉をかけなくてもよさそうなものではないか。小型な茶袱台《ちゃぶだい》に両肘をついて、僕が三本目のピースにライターをつけていると、そのテーブルの向側に、ベッドを起きだして来た彼女が坐った。

「じゃ……お金、頂戴」

「君、寒いンじゃない？」

見ると、さっきまでのはきはきした彼女とは、まるきり、別人かと、思われたくらいで、すっかり、悄気《しょげ》た様子で、蒼白んだ顔色も悪く、体をこきざみに震わせているのだ。

「寒いンだろう……」

ぼつぼつ、もう、手ぐらいは翳《かざ》す火鉢の欲しいような季節でもあった。僕はいたわるように、自分の上着を脱いで、彼女のパジャマの上に着せかけてやった。内ポケットから、財布だけ抜きとって、

「で、いくらなんだね」

「二千円。たかい？」

「それじゃ、泊って行ってもいいンだね」

「だって……まだ、吉祥寺まで、お帰りになる電車ならいくらもありますわ」

泊めたくないらしい。が、ショート・タイムで二千円は、たかいとは思ったが、僕は苦笑しながら、

要求されたとおりの金を二十枚、百円札で数えて、それをテーブルの上においた。まだ、千円札の出ない頃の話だ。

「これ、いただいてもいい?」

「……」僕が、無言のまま頷いてみせる。が、この会話にしても、最初からへんに商売ばなれがしていて、ちぐはぐなのが、しかし、僕には却って新鮮な印象だったけれど、また何だか急に馬鹿馬鹿しくもなってきた。金を取り出すと、早くこのかたをつけて、僕は、この女学校の寮のような部屋から逃げだしたくなってきた。さっさと、ズボンを脱いだのである。

「僕の着る寝巻は?」

「そんなものないわ」

「ふん」と、僕には、これも今となっては苦笑もので、夏場のアイス・キャンデー屋のおやじのような、我れながらあまり褒められない恰好で、さっさと、ベッドの蒲団の中にもぐりこんだ。

「さあ……おいでよ……」

彼女は、僕がテーブルの上においたあの百円札を、一枚ずつ数えているのだ。まったくおかしな娘である。それが、彼女の習慣ででもあるのか、二度数えなおしてから、ハンドバッグの中へ仕舞った。そして多分、そのハンドバッグから取り出したのだろう。ゴム製品を一ツ、きたないものを指先でつまんだようにして、僕の寝ているところへ持って来ると、

「これ、使って下さらない?」

「そんなものはいらない」こちらからそのダメを出してやりたいくらいのものだった。

「だって……」

「よしよし。それじゃ……僕の枕もとのところへ置いとき給え」

「このお嬢さんはズロースのテープを僕のこの手でほどかせようというのかい?」

と、その「お嬢さん」という言葉も、僕は皮肉のつもりだったが、それが彼女には通じないらしかった。野暮《やぼ》というか、無礼というか、パジャマの下にスリップを着ているのにもいささかあきれた。が、それでも僕は、型どおりに彼女の右側に寝てやったのである。

まだにがそうなボタンだった。顔を背けているのは接吻されるのを警戒しているらしい様子。いや、そんなことも僕にはどうでもよかったのだ。

岩でも抱いているような固さ。

気がつくと、彼女はまだ体をこきざみに震わせていたが、それは寒いせいではなく、また、風邪《かぜ》をひきかけている発熱でもなく、恐怖のためであることが……ようやく僕にもわかった。

「君は、こんな商売をいつから始めているの?」

と、僕はそれを訊いてみないではいられなかった。

これは満更《まんざ》ら嘘ではあるまい。二週間ぐらい前から、新宿のあそこあたりへ出ているのだが「客を喰わえこんだ」のは、今夜が初めてなのだと云う。それでは、この女は処女なのだろうか。僕がそれを訊くと、

「私が、バージンだかどうか、トライしてごらんになったらわかることだと思うわ」

「トライ?」

英語の「こころみる」という意味であることもすぐにわかった。それはそうだが、しかし、トライしてみるまでもなく、この恐怖の様子では、半処女ぐらいではないかと僕は思った。

「半月も前から町に出ていて、今夜のこれが初めてというのなら、これは多分、君のほうで客の選り好みをするからだね。いや、僕が己惚《うぬぼ》れて、それでこんなことを云うのじゃないぜ」

そして……僕が、すこしくど過ぎるほど、根掘り葉掘り訊いてみると、これもやはり僕の想像したとおりだった。

彼女は金のためにイミテーション・アミーを客に求めたのである。模造品の恋人。二ヵ国語を一つにしておかしな言葉だが、日本でだけ通用しそうな、彼女のこの新造語には僕も思わず微笑していた。年齢からいって、彼女と似合いの青年は、エチケットもマナーも、知らないような闇商人か愚連隊でもなければ、地道なサラリーマンでは第一、この当節のこと故、そういう金の余裕があるまい。社用族や公用族も嫌い。また、復員くずれや、刺青《いれずみ》でもしていようというアロハ族のアンちゃんでは、彼女の自尊

心が、許さない。それにまた、ハイ・ティーンなどの、若い同志では、これが、真剣な恋にならないものでもなく、そうなっては、金のためという本来の目的に反く結果をも懸念したのだった。そこで彼女が、考えた揚句に選んだのが、相当な年配の男で、最初から、先方に妻子のあるほうが却って安心なようなもので、その上、彼女の自尊心を、傷つけない程度の紳士で、しかも愚連隊などではなく、内緒で、ときどき遊べる金を持っている中年男。それは弁護士と画家だ。そして、病気と、妊娠は、必ず警戒すること。

「道理で……君は僕を画家と云ったんだね。小説家なんかもよかァないかい?」

「小説家は駄目よ」

「なぜだい?」

「小説に書くじゃないの。だから、嫌い」

と、はっきり云われて、これには僕も苦笑せざるを得なかった。

宇津木光枝。やはり、これが、彼女の本名だった。女子医大の学生である。もうあと、二年すれば卒業。それまでの学費稼ぎのためだった。

これまでも、女学生らしいアルバイトをいろいろとやってみたが、一番ながく続けたのは、雑誌の返品を仕入れて、五冊ぐらいを一組にして、あちらこちらの病院を廻って退屈している患者に、それを売って歩く仕事だった。が、その出版元が、当今のように現金をいそぐようになっては、これまでのように、学生証だけの信用で委託販売をさせてくれなくなったのである。

もとより、売淫《ばいいん》を、いいこととは思っていないが、他人のものを借りるわけでも盗むわけでもなく、自分自身の体についているものを、自分で売るのである。一種の肉体労働と思えばいい。そして、処女という感傷さえ棄てれば、肉体労働としても、一日中、歩き廻る苦労とは較べものにならず、いわば、一挙手一投足のようなものだし、また、時間的にいっても、これは自分の、気が向いた時の夜業のようなものだから、勉強する余裕もあるのだ。

このような本音まで打ちあけられると、自然の順序としても、僕は、彼女の身上話を訊いてみないではいられなかった。が、その身上話の、どこまでが本当か、そのままでは信じ兼ねる節もあった。若い女性らしい感傷から、ところどころへ、映画で見たストーリーなどを織りまぜて、潤色したらしいところもあった。が、この筋書は、三十年近くも小説を書いてきた僕には、ここへとりたててみる程の興味ではなかった。

彼女が云うには、

「これを御縁に、あなた、私のイミテーション・アミーになって下さらない?」

「ああ、いいとも、いいとも。叔父さんにでもパパにでもなってあげるよ」

もちろん、これは僕のジョーク。安請合いのようなことを云って、僕はベッドからおりて、ズボンを穿《は》いていた。それを見ると、そばに寝ていた彼女が吃驚《びっく》りしたようにとび起きてきて、

「帰るの? 何も、なさらないで……」

僕がやさしく微笑してみせる。

「それじゃ……お金、返すわ。いただく理由がないンですもの。私、いやだわ」

「いいンだよ。そんなこと、心配しなくても……」

「いやよ、私」はっきりした声だった。

「君がドクターになる。学校を卒業してインターン。国家試験。これから君もたいへんだなあ。僅少ながら、君をドクターにするために僕のおろした資本だ。そう思ってくれたらいいや。そのかわりに、君がドクターになったら診察をお頼みにあがるかもしれないぜ」

もちろん。これも僕のジョーク。が、どうあっても彼女は金を返すと云うのだ。

「馬鹿なことを云うなよ……」

僕は笑って、手を横に振りながら、土間に踞《しゃが》んで、編上げの、靴の紐を結んだのだが、さて、その夜、帰宅した僕が何気なく上着のポケットへ手をつッこんでみると、僕が靴の紐を結んでいる時に、そうっと、うしろから彼女が入れたものらしく、あの金がそっくりそのまま返してあった。これには僕も弱った。笑ってしまえない滓《かす》のようなものがあとに残った。

洲崎パラダイス

芝《しば》木《き》好《よし》子《こ》

宿屋の払いを済ませて外に出ると、二人の懐中には百円の金も残らなかった。義治《よしはる》が煙草を買っているひまに、蔦枝《つたえ》はあてもなく橋桁まで歩いていった。夕暮の空は茜色から淡紫に昏れかけて絵のようにしずまっているが、潮どきなのか河だけはぐんぐん水嵩《みずかさ》を増して、たぷたぷ音立てている。隅田川のひろい河幅がふくれて、上流へ上流へと押してゆくような激しい水の勢いだった。蔦枝は橋の欄干に沿って覗きながら、義治がこの河勢をみてなんというかと思った。二言目には「死ぬ」と言い、「死にゃあいい」と自棄になっている彼なので、蔦枝は深い水の底をみると厭な気がした。渦巻きながら溢れてゆく水の色は、少しも澄んでいない。

義治がズックのボストンバッグをさげて、のっそりと寄ってきた。これからどこへゆくというあてもない。河岸に白っぽい灯がきらめきだした。義治が煙草に火をつけて吸う間、蔦枝は欄干を背にして今夜の落着き場所をめぐらしたが、金のない人間のあてどなさに、腹が立ってくるのだった。橋をゆきかう人の足音も絶えたような、物音の消えた一ときをそうしていると、世間から取残されたようで、蔦枝はつと身を起して歩きだした。死ぬときも死場所を探さなければならない人間は、なんと厄介なのだろうと思う。

橋を渡ると大通りで、電車が轟々《ごうごう》と走っている。急に下界へ下りたようなざわめきだった。吾妻橋の方から大きな車体のバスがやってくるのを見ると、蔦枝は誘われてその方へ歩いていった。彼女が人のあとから乗りこむと、バスは走り出した。ボストンバッグを提げた義治がステップに摑まっている。バスは電車通りをそれて本所界隈から深川へぬけて走った。あたりが暮れてきて、夕餉《ゆうげ》の匂いの立ちそうな街並だった。このバスは終着が月島だが、義治は一月前までそこの倉庫会社に働いていた。その頃は身綺麗でおしゃれな若者だったが、今は疲れて垢じみた風体に変り果てている。職を離れた人間が例外なしに陥る陰鬱な翳《かげ》を、彼もおびているのだった。

バスが木馬の材木問屋の並ぶ街へ出ると、そのあたりから街を縦横に走る運河があり、材木が橋の下を埋めて流木になっているのを、蔦枝はめずらしい目で眺めた。彼女は洲崎までくると義治をうながしてバスを降りた。

「終点までゆけばいいのに」

「月島まで行って、倉庫の中にでも寝る気?」

蔦枝はまっぴらだと思った。

人通りの少ない裏町へ入ると、両手で着物の裾をつまんだ横着な恰好で、彼女はとみこうみしながら、義治にかまわずに先へ歩いた。釣舟の網元の看板がみえて、運河に沿ったあたりはバラックの飲み屋が多い。かつて洲崎遊廓と呼ばれた一郭はぐるりが掘割で囲まれた島になっている。コンクリートの堤防の下は水の流れだった。正面の橋のたもとまできた蔦枝は、その付近に並んでいる小さな酒の店の一つののれんを分けて入った。狭い一坪半ほどの店で、鉤《かぎ》の手に台があって、丸い椅子が並んでいるきりだった。壁に清酒とかビールとか、湯豆腐とか書いたびらが下っている。蔦枝も義治も疲れたように、その椅子へ腰を下した。裏から七輪を抱えた女が入ってきた。紺の縮みの上に白い割烹着をつけて、端折った裾から赤い蹴出しを出しているが、さっぱりした顔立の三十五、六の女だった。まだ店あけなのだろう。

「ビールを貰おうかしら」

蔦枝は一文もない懐中をせせら笑うつもりで、義治の方は少しも見なかった。裾を下したおかみさんはすぐコップを二つ並べて、ビールを持ってきた。白粉気《おしろいけ》のない、愛嬌の乏しい顔だが、むずかしい穿鑿《せんさく》するような目はしていない。どことなくさばさばした単純な感じの女だった。ビールを酌いで、すぐに奥に引込むと、子供になにか口早にいいつけている。

蔦枝は一杯のビールをぐうっと泡ごと飲み干した。美味い、なにもかも忘れるような爽やかさだった。彼女はおかみさんが代りのビールを持って入ってくると、ふっと訊ねた。

「このへんに、あたしたちを住込ませてくれる店はないでしょうか」

おかみさんはへえと二人を見比べながら、初めて硝子戸《ガラスど》の女中さん入用の張紙で来た女かと、気付いたのだった。

「さあ、ふたり一緒じゃあね」

「別なら、あるんですか」

「うちでも要ることは要るけど」

蔦枝はおかみさんをじっと仰いだ。

「あたしたち、いろいろなわけがありましてね」

彼女が語り出したのはこうだった。二人は栃木県の在の者だが、彼女が事情あって町へ出て料理屋の女中をしたので、男の親元が二人の結婚を許そうとしなかった。そこで二人は郷里を出奔して東京へきたものの、男には思わしい就職口もなく転々としているうちに、有金を使い果たしてしまったのだった。

今夜の寝床もないと聞いて、おかみさんは卓に肘をついた。三日か五日に一人位は張紙を見て入ってくる女もいたが、長続きしたためしがない。大半は特飲街へ入りたい気持の女が、足場のつもりで腰をかけるのだし、そうではなく、本気で女中をする気の山だし女も、四、五日するともう気の変るのが例である。どうせ同じような客相手なら、パンパンになっても化粧や美しい着物に飾り、華やかな嬌声の生活に変りたいと思うのが、彼女らのお定まりだった。かえって亭主持ならば、その点で案外腰が座るかもしれない。おかみさんは女を注意してみて、まだ年齢も若そうだし、渋皮のむけた細おもての色白の器量も気に入ったので、置いてみようかと心が動いた。それにしてもひものついているのは厄介だった。見たところ悪賢い男ではなさそうだが、一体これまでなにを職業にしてきたのかと、男に向けて訊ねると、すぐに蔦枝が引取って、

「倉庫会社の帳付なんです。木場にそんな仕事はないものでしょうか」

男の仕事がそう右から左にあるわけはないし、木場は不景気でとうてい見込みがない、とおかみさん

はそっけなく言った。

「あったところで、荷揚げ人夫くらいがおちですよ」

それでもかまわないから、よろしく頼むと女が言うと、それまで押し黙っていた男は、打ちのめされたように意気地なく頭を下げた。皮膚の厚手な、逞しい男で、立派な胸板をもっていたが、それでいてどことなく小心で怒りっぽそうな、小さな三角眼をしていた。

のれんを分けて、新しい客が入ってきた。三人は一斉に立上って、椅子を揃えた。蔦枝は気軽に内側へまわって、もう客のために笑顔を用意している。義治がボストンバッグをさげて台所へまわると、横手に六畳ほどの部屋があったがバラック建で粗末な建てつけだった。男の子が二人寝転んでメンコを数えているので、義治は上《あ》がり框《かまち》にかけて、その手許をぼんやり覗きこんだ。メンコも、このバラックもまだ信じられない。この六畳が今夜のねぐらと決ったところで、明日はどうなるものか彼には解らないのだ。子供たちは義治の顔を見ようともしない。彼は煙草をさぐって、火を点けて吸った。

「坊やのお父さんはいないのかい」

子供はちょっと身じろいで、うんと言った。

「死んだのか」

「知らない。どこかへ行ったんだろ」

大きな方の男の子は面倒そうに答えて、またメンコを揃えるのに余念がない。義治は子供にまで突き放された気持で、立って台所の窓から外をみてみた。ほんの一跨ぎの窓下の土から先はコンクリートの崖で、その下に細い運河が流れている。その水垣で区切った洲崎特飲街は、左手にネオンがあかく瞬いていた。自動車が警笛を鳴して橋を渡り、ネオン街へ消えてゆくのを、彼はじっと見送った。灯の瞬く歓楽の町がいいしれぬなつかしさで彼の胸に沁みた。この巷《ちまた》に足を踏みこむときのそぞろなときめきが甦ると、苦痛に似た鋭いものが彼の胸を走った。店先からは客を相手にしたおかみさんと、馴々しく笑っている蔦枝の声が、弾んだ調子で響いてくる。どこであろうとすぐに座り場所をみつける女の厚かましさに、義治は吐き出したい嫌悪を感じて、煙草の吸殻を力まかせに掘割の水へ投げ捨てた。ついでに自分もその堤防へ投げつけたい焦立《いらだ》たしさだった。義治は転々として今日まであてもなく蔦枝と宿をかえて歩きながら、最後のところで、女の気持のあやふやが不安でならなかった。金のなくなった日が終りの日だと腹を据えていながら、ずるずるとここまで来てしまったことで、彼は蔦枝に負けた気持を蔽《おお》えない。なんともみじめな死にぞこないのあがきさえ覚える。しょせん死にたいと口にいううちは死ねないのだと、自嘲が湧いた。倉庫会社に勤めて、どうやら定った給料にありついていた頃には想像も出来ない失職後の彷徨《ほうこう》に疲れると、生活の支えの給料というものが彼にはつくづく不思議な魔力におもえてくる。女のために何もかもふいにしたあげく、一文なしのルンペンになって、死にもしなければ生きも出来ない自分の無力につきあたると、義治はやりきれなさで、今夜といわず目の前のネオンの街へ走って、いい気な蔦枝に思いしらせたい卑しい感情に駆り立てられる。それでいて囊中《のうちゅう》に一銭の金もありはしないのだ。彼には尾久に少しばかり面倒をみてくれた伯父がいるきりだった。

店先から陽気な客が、蔦枝をからかっている声がしていた。彼女が身を揉んで、相手の肩に手をかけてはしゃいでいるさまが見えるようだった。

「堅気ですよ、これでもあたし堅気なのよ、ねえおかみさん」

蔦枝の舌足らずの甘えた媚態を、義治はゆるせなかった。堅気もないものだと思う。男とみればすぐ声をかけ、接触によってからめとろうとする習性をみると、女の性根が未だにこれだったかと憎しみが強まってくる。客はすっかり上機嫌で、いつまでも飲んでいる。義治は呪いながらも、客の帰るのを待たなければならない。

子供たちが先に寝てしまい、十二時を合図に特飲街の灯が消えると、店終いだった。その夜は六畳の座敷の河に面した半分が義治と蔦枝の寝室になった。こんなこともままあるのか、六畳の真中に黒幕のカーテンが引けるようになっている。おかみさんは子供の中に入ると、すぐさま寝息を立てはじめた。義治は恥も外聞もなかった。俺は別々になるのは厭だ、明日はここを出よう、と言った。蔦枝はふてたように黙っている。彼はかっとして、太い腕をからめて、力を入れた。彼の腕は女の細い頸を絞めるくらいは造作もなかった。しかしもう一息の把握力がないために、彼は一生悩むしかないのだ。たとえこうして蔦枝の同意を促したところで、どこまで信じられるものではない。彼が信じられるのは、蔦枝が彼に同意して一緒に死を選ぶときだけかもしれなかった。義治が手応えのない相手にかっとなると、蔦枝は彼の胸を押しかえした。

「うるさいわねえ、ちょっと黙って！　枕の下に河が流れているんじゃない？　ああ、あたしたち、この河の外にいるのねえ、やっぱりここへ来たんだわねえ」

蔦枝は知らずしらず一度歩いた道を引返してきたことに、慄然とするものがあった。彼女のこの詠嘆は義治の胸にも応えた。彼はふーんと言って、

「そんなにここが好いなら、河の中へ突き落してやら」

と唸った。

蔦枝は一と月まえまで鳩の町にいた娼婦だが、それ以前にはこの洲崎の特飲街にもほんの短い間いたことがあった。彼女の生れは利根の水郷のせいか、水が好きである。二人で行き場なくさまよった間の一夜の泊りにしろ、隅田川の水面をみると彼女は懐かしんだ。いつだったか、彼女は義治に話したことがある。

「あたしの育ったのは、利根川の中にある夢の島ってところです。小さな島が水の中にあるきりの、名前負けのした島で、一軒の雑貨屋と床屋があるだけの貧しい村なんです。今でこそ土浦まで一日に一回、橋を渡った陸続きにバスが出るけど、昔は舟の便しかなかったんですよ。漁をしたり、わずかな畑をしたり、夏だけは遊覧の観光客が少しは来て、川べりに葭簀《よしず》の店も出ますけど、水呑み百姓の村で、あたしたちはもめんの継ぎはぎの着物よりほか着たこともなかった」

あるとき婦人雑誌の花嫁衣装を見て、一生に一度はせめて絹の着物を着たいと思った、とも彼女は語った。貧乏人の子だくさんで、彼女は七人兄妹の二番目だった。今でもそこに弟妹がいるが、父は中風になって寝たきりだし、弟はカリエスで治療をしなければならなくなって、彼女は桂庵《けいあん》の手で東京へ働きに出たのだった。だから彼女はどこへいっても働いている時も、可哀そうな肉親のために仕送りを欠かさなかったのだ。一人きりの兄は一家の要望を担って北海道の炭鉱へ行ったが、ぐれてしまったらしく消息もない。弟も妹たちもまだ小さくてと語る言葉は、嘘とも思えなかった。貧しいが素朴な故郷はなつかしいのだろう。葭の間をぬってゆく舟の棹から水音が立つような、のどかな風趣の水郷めぐりを語ってきかせて、一度は故郷の島へ案内したいといった蔦枝の言葉に、義治は誘われたようなものだった。

窓下の運河の水は水音も立てないのに、蔦枝は枕の下から懐かしむのか、身じろぎもしない姿勢になっていた。そういうときの蔦枝を抱いていると、義治は哀切な女の魂に、はじめて触れた思いを味わうのだった。

次の日の昼まえ、朝帰りの客が、まだのれんも出さない店の内へ入ってきた。

「ほれ、見たことですかっ」

おかみさんがいきなりぽんぽんと声高に呶鳴っている。客は一言もない体で、にやにやと股の間へ坊主椅子を押し込んで掛けた。蔦枝はまだ化粧をしない、蒼白い顔のまま出ていって、笑いを嚙み殺した。

「一銭残らず？」

「いや、電車賃はある、さすが武士の情けだ」

落合という客は中年のせいか案外平気で、冗談を言いながらおかみさんに梅酒を注文したが、電車賃では梅酒も出ないと、おかみさんはまだぷりぷり怒っている。怒ってみても冷淡というところがないので、男は気を悪くした風もない。

昨日の晩、落合は初めてこの店へきて、機嫌よく飲んだあげく、これから廓《くるわ》へ入るのに、どこか恰好の店へ送ってくれと言った。勘定をする時、一万円からの札がみえたので、おかみさんが言った。あればあるだけ巻き上げられるに決っている、たかが一夜の遊興である、悪いことは言わないから、そのうち二千円でも置いていらっしゃい、確かに預ってあげます。使い果したあとの二千円は悪くないものですよ。男はそのすすめを笑って聞き捨てた。案の定、女たちと酒も飲んだが、きれいに巻き上げられて、帰りの電車賃を残すのみだと言う。それでも落合は悔んだところがなくて、一杯の梅酒をちびりちびりやりながら、自分の間抜けさをさかなに、やっぱり昨夕はここで、一晩がかりでこの堅気の美人を口説いたほうがよかった、と蔦枝をからかいはじめた。

しばらく遊ぶと、彼は流しの車を拾わせて、また来ると言って、帰っていった。神田の医療器具商の主人だと聞いて、蔦枝は義治の就職が口まで出かかったが、さすがに男のことを頼む筋ではなかった。

午後からおかみさんは近所へ義治の仕事を探しに出ていった。蔦枝が台所の窓から覗くと、どんより曇った日で掘割にボートが四、五艘浮んでいた。義治は畳に寝転んでぼんやり天井を見ている。彼にはまだこの成りゆきがのみこめない。なぜこういう方向にきてしまったのだろうと思う。うっかり乗ったあのバスがいけなかったのだ。あのとき自分たちは逆に河上の隅田公園に向けて歩くべきだったと思う。河のふちにはもっと無抵抗な、しずかな誘ないがあったのだ……。女の声音が耳の端をとめどなく流れてゆく。ねえ、しばらくの間、別れ別れに辛抱して働いてみましょうよ、その内にはこの近所に部屋を借りることもできるし、と蔦枝は自分で自分を慰める思いで言っているのだ。彼女はまだ二十五歳にしかならない頑健な男が、陰気になっているのをみると、やりきれない。死ぬ死ぬと言ってみても、死ぬ日までは生きていなければならないのだ、といった気持で、蔦枝は滅入ってゆくのは厭だった。

おかみさんはようやく一つだけ仕事をみつけて帰ってきた。木場はやっぱり駄目だったし、町工場も当ってみたが崩壊に瀕《ひん》していて、人をとるどころではないという。たった一つの口は蕎麦屋の住込みだった。蔦枝はちらと義治を見た。二人の目がかち合った。蕎麦屋の出前という職業をとやかくいうのではないにしろ、彼女はやはり男を庇いたかった。義治は目をそらすと、意外なほど簡単に承知して、すぐに行くという。かえって蔦枝はおろおろした気持で、彼の前にはだかった。

「ほんとに行くの」

「ほんとかって、なにいってやがる。おまえが言い出したんだ」

彼は激しい勢いで蔦枝を突きとばすように土間に下りて、ボストンバックを抱え、おかみさんを急き立てて、あとも振返らずに出ていった。後味の悪い去り方をしてゆく義治の厭がらせが蔦枝には辛かった。さして遠くない蕎麦屋であったし、一時の別れにしかすぎないが、なぜもっと余韻のある去り方が出来ないものかと思う。

夕暮どきがきて、酒屋が一升瓶を届けにきたし、豆腐やが豆腐をおいていった。蔦枝は気を取直して、河っぷちの軒先に干した義治のシャツを取込んだが、畳む気もしないでぼんやりしていた。それほど勤めがいやなら、いっそ男らしく自分をしょっぴいてどこへでも行けばいいのだと思う。

「あ、いやだ、いやんなる」

彼女はくさくさすると、もう考えまいと首を振った。考えることは苦手だった。二人で築こうとした新家庭も、わずかの使いこみで義治が会社を馘首《くび》になってから、ずるずると崩れてしまった。義治の不《ふ》甲斐《がい》なさが蔦枝にはくやしくてならない。男というものは、たとえ悪を働いても女を支配するものでなければならないと思う。そのくせ義治が哀れでもあった。彼には気の利いた悪さえできないのだ。

いつか雨でもきそうな空模様になっている。子供たちが五、六人も店の前へきて遊んでいるらしく、やがておかみさんの声がして、追い散《ちら》しながら入ってきた。男の子が小銭を欲しがるのを叱りとばして、彼女はやっと上り框で一息入れた。蔦枝は礼を言って、どんなだったかを訊ねた。おかみさんは義治のことなどさしたることとも思っていない。

「すぐ馴れるわよ、子供じゃなし。まったくこの辺ときたら、子供の遊び場所もろくにないんだから」

特飲街の入口の橋に、遊廓時代の大門の代りのアーチがあって、「洲崎パラダイス」と横に書いたネオンが灯をつけた。アーチから真直《まっす》ぐに伸びた大通りは突当りが堤防で、右は弁天町一丁目、左は二丁目、ぐるりが水で囲まれた別世界になっている。左手は横町横町が軒を並べた特飲街で、七、八十軒もの店があったが、右手は打って変った貧弱な住宅地である。子供たちの遊び場のあろうはずはなかった。

「あんたなんか知るまいが、昔はこの弁天町が全部遊廓で、大した繁昌をしたものよ」

深川育ちのおかみさんは、往時がしのばれるのか、古い楼の名を挙げてみせた。戦争中には遊廓の女も軍の慰安婦になって、楼主と一緒に基地へ移っていったものも多いという。戦争が熾烈になってくると、月島界隈の軍需工場の工員は空襲に阻まれて通勤が円滑にゆかない。そこで造船所が疎開した遊廓の建物を買取って、そのまま寮にして工員を住まわせることにした。昭和二十年三月の空襲で深川一帯は壊滅してしまったが、焼跡が整理されるとどこからか生き残った人間たちが戻ってきて、今では右半分が住宅地となり、左半分が特飲街にまとめられたのだった。だから今では「洲崎パラダイス」のアーチを潜っても遊客とは限らない。一日の勤めを終えた月給取りや、労働者が遊廓の門を潜って自分の家やアパートへ帰ってゆく。

「特飲街の景気はどうなんですか」

蔦枝は小声でたずねてみた。

「ぱっとしないね。もともとここらは木場の若い衆や、工員さんや下町の店の人の場所柄だけど、なにしろ世の中が不景気だから」

おかみさんはシャグマを入れてふくらませた、ソーセージ型の髪のふくらみを癇性《かんしょう》に掻いた。

灯をつけた店先へ人の気配がして、厚化粧の着飾った女が物憂そうに入ってきた。痩せて目だけがぎろりと大きい老けた女で、一目で廓の女と解る姿なので、蔦枝は咄嗟《とっさ》に警戒心から顔をそむけた。ちらと見ただけでも三十歳を大分まわった年恰好だが、着ている着物はひどく派手な紅模様の錦紗《きんしゃ》で、そのせいか白粉灼けが目立った。おかみさんは立っていった。女は椅子にかけると、おかみさんの顔を大きな目で見上げながら、立てつづけに喋り出している。

「……そりゃあ、着る物がないから、着物は借りてますよ。夕方借りて、脱げば夜の内に返して、次の夕方の支度のときにまた借りるんです。借りた以上損料を払うつもりでしたよ、それが全部前借につけているんですからね、約束がちがいまさ。こちらで世話してもらった時に、前借はなしってことでした。商売だって、月末はちょっと良かったんですが、今はまるっきり駄目で、私はあの店じゃ稼げません。なにしろ十九の女と並ばせられてはたまらないですよ。今どきの客ときたら、ただ若けりゃいいっていう……」

自分はこの道では、多少年季が入っているつもりだが、今の客ときたら本当の遊びを知らないのだ。肉体の弾力だけが魅力であるなら、護謨鞠《ごむまり》でも抱いたらどうか、と女は口汚く罵った。罵ると、女の顔が裂けてみえた。蔦枝は気短なおかみさんが案外しずかに応待して、冷酒を一杯与えているのに意外な気がした。

「そのうち、良いお客がつくから」

そういう慰めのせいか、酒のせいか、女はちょっと悄気《しょげ》てきて冷酒をあおった。濃い化粧の顔の筋肉が動くと皺になって、筋やみぞが生れる。このまま三味線を抱えて広告板を背にし、右に左に踊りながら街をゆく商売が似合いそうだ、と蔦枝は残酷な想像をした。淫売婦の成れの果ては、しかしそれすら出来ないだろう。彼女らは三味線一つ弾けはしない。

酒を飲み終えると女は立ち上って、酒代は付《つけ》にしておいてくれといい、誰か良い客があったら送ってほしいというと、外へ出ていった。おかみさんは溜息をついた。店明けには女客が縁起がよいとされているが、塩でも撒きたい気がするのだ。千葉の方から流れてきた女で、まだ住込んで半月ほどにしかならない。本当の年齢はいくつかおかみさんも知りはしない。ああいう女はそのうちいつともなくいなくなるから、うっかり貸せない、おかみさんは自戒した。昔と違って娼婦は借金でもかさまない限り身を縛られないから、すぐ消えたり新しくやってきたりするので、顔を覚えるひまもない。

「言っておくけど、あんた間違っても廓へ入ろうと思いなさんな。入ったらお終い、それこそ容易なことでは足が抜けないのだから。前借をしなければ自由なように思うかもしれないけど、この世界から抜けられないのは身体ばかりじゃなく、心がなんだから。一度足を入れると、どうしてだか二度とまっとうに働けなくなるのさ。人間がだらしなくなって、ずるずると駄目にされちまう。終りは今みたようなひとになるんだし……」

おかみさんはそう言った。その深淵の際まできている蔦枝は顔を伏せて、ええと頷いた。

子供たちがお腹を空かせて帰ってき、一しきりさわいだあとで、やっと寝た。隣りは客があるのか歌が聴えてきた。蔦枝は蕎麦屋へ奉公に行った義治が思いやられてならない。意気地なしの彼が小僧のようにどんぶりを洗ったり、そばをざるに上げたり、出前を運んでいるのかと思うと哀れで、走っていってやめさせたい気がする。それもこれも、土方《どかた》にもなれない気概なさからだ、蔦枝は腹が立ってきて唇《くちびる》を噛んだ。なぜもっと胸を張って生きてくれないのかと思う。一旦職を離れると、未来を見失ってみすぼらしくなった義治が、彼女にはやりきれなかった。

雨がいつからか、しめやかに降りこめてきたらしい。客の少ない晩で、おかみさんは隣りの賑やかさに焦立っている。

「やっぱり男主《あるじ》のいる店は、活気があるんだね」

「おかみさんの旦那さんは、死んだのですか」

「まあ死んだようなもんよ。もっとも帰ってきたら、面の皮をひんむいてやる」

蔦枝はわらったが、おかみさんはにこりともしなかった。

雨に濡れた男が、さっと入ってきた。顔馴染とみえて、おかみさんは手早く焼酎をコップに注いだ。

五十に手の届く大工風の男で、顔じゅうにこわい髯が伸びている。いま仕事を終ってきたらしい活気が四角い肩幅から発散してきている。

男は蔦枝を見て、

「誰だい、どこかで見たようだな」

と言った。蔦枝は薄く笑ってみせた。

「ありきたりなお面《めん》ですから」

男は焼酎を一杯ぐうっとあおると、唇をぬらしたまま、仕事着のズボンから金を払って出ていった。すたすたと橋を渡って、目当ての女の店へまっしぐらに行くのだろう。

「あれで、子供が五人もあるのだから」

おかみさんはその男の馴染の女がつまらない器量の性悪だとも言った。五人の子供はなんの引止め役にも立たない。男を信じたら失敗《しくじ》るにきまっている。男というものは子供を産ましても、半分だけしか信じさせないものだ。いつでもこの女死ねばいいといった冷たい目で女の背中を眺めている。そのくせ、他の女には掌《てのひら》をかえしたようなだらしなさになるのだ。男に深入りすると、どちらに転んでも女は傷つくことになる……。

蔦枝はおかみさんのつまらなそうな口説を聞きながら、女と駆落《かけおち》した亭主が存外なつかしいのかもしれないと思った。雨がしとどに降って、地の底へ滅入るような侘しい晩である。こんな晩は茶の間でラジオを聴きながら熱いお茶を飲んでいる女が一番幸せなのだ、と蔦枝は溜息をついた。そんな暖い場所は一生自分にはめぐってこないかもしれない。すると底しれない大河に立ったときに似たあてどなさで胸が凍ってくる。

その夜、蔦枝はろくに寝もしないで、もしや義治が帰らないかと人恋しさに待ちつづけた。

雨の小止みに蔦枝は風呂へ行って、帰りに蕎麦屋の前までいってみた。しかし店へ入るのも気がさしたし、思いきって裏へまわる気にもなれない。しばらくうろうろして店の中を覗いたが、彼らしい姿は見えなかった。まさか一晩で店をやめたわけではあるまいと思ったが、この想像は彼女の足を掬った。ふーん、鼻から息巻く感情に動かされながら、蔦枝は踵をかえしてすたすたと戻り足になった。二度と蕎麦屋へはゆくまいと思う。彼女は男から冷たい目で背中を見られても、掌かえして下手に出られてもよいかわり、彼から一言もなしに去られるのだけは我慢がならない。

彼女が通りの角を曲ろうとした時自転車が二台つづいてきて、その一つに義治が乗っていた。彼はおっ、と叫んで、自転車を止めた。手に空の盆を持っている。彼は湯上りの蔦枝をみると小さな三角眼をなつかしそうに瞬いた。

「すぐ戻ってくる」

彼は口早に言って、再びペダルを踏んだ。もう一台は先へ走りかけて振返っていたが、面皰《にきび》だらけの

十六、七の小僧で、野卑な声で義治をからかいながら、蔦枝にもへい、へいと外人兵のように軽薄に手を振った。蔦枝はそっぽを向いて顔をしかめた。義治をみた瞬間に彼女はわがままな感情がこみあげてきて、彼のために昨夜はろくに眠れもしなかったのかと馬鹿馬鹿しい気がしてきた。人中で貧しい肉親を見出したときのような嫌悪と宿命感に彼女の心は反撥した。彼女は急にすたすたと歩き出した。

しばらくすると、自転車がすりよってきて彼女に並んだ。義治は材木の流れる掘割の横へ自転車を止めた。二人はしょざいなく立っていた。

「どうだい、いい客がくるか」

「さっぱり駄目ねえ」

蔦枝はしゃがんで材木を眺めた。一旦別れればもうこんなことを聞き合うのかと、味気なさで溜息が出た。しかし他にどんな話があるというのだろう。

「あんた、前借りできない？　田舎《いなか》へ送ってやらなきゃならないのよ」

「昨日の今日だよ」

「売上げをちょっとちょろまかせばいいじゃないの、甲斐性がないわね」

「ああ俺は甲斐性がない。だから月給まで棒に振ったんだ」

またそれをいう、と蔦枝はいやな気がした。月々一万円やそこらの金をとるてだてがなぜ大の男に浮かばないのかと、歯がゆくてならない。金のないところには生活も幸福もありようがないし、男としての値打もないのだと思う。蔦枝はいま着ている垢じみた人絹お召を、もうそろそろさっぱりしたものに変えたかったし、田舎の妹にも小遣の少少位送ってやりたかった。一人の男を守っていてそれだけの代償も与えられないのは馬鹿馬鹿しい。世の中の細君たちがその保証のために貞操を守っているのと同じなのにと思う。

「今晩、少しでも持ってきてよ」

蔦枝はねばり強く言った。義治をいじめることが快感になった。彼はだんだん気難かしく額に皺をよせていった。

「金は出来ない、こっちが貰いたいほどだ」

「ふうん、じゃあいいわ」

蔦枝は立ち上って、水に裸身を横たえたような材木めがけて小石を蹴った。義治はむっつりと物も言わない。生きるために身をひさいでいた蔦枝を思うと、どうにかしてやらなければならないと思う。そのことが喉の渇きのような苦しさで身をせめてくる。金だけが女を支配する力だとしたら義治はもうどうすることも出来ない。

蔦枝は歩き出した。義治はそのあとから自転車を引いて、のろのろついていった。

「じゃあ」と蔦枝は曲り角で、そっけなく言った。

「……今夜ゆくから」

義治はそう呟いて手を出したが、蔦枝は返事もせずに歩いていった。霧雨が降り出してきている。彼女は男から離れてゆきながら、自由にはなりきれなかった。義治と自分のなかにきずなのあることが、重たくてならない。

雨のせいか、一日中店は陰気だった。客もないので蔦枝は店の壁に背をもたせながら考えこんだ。あんな無心をして、義治は自分に愛想をつかしたろうかと思う。煙草を買う才覚もつかないのではないか、子供のようなところのある男だから、と思った。それでいてやさしい心根をもった人で、自分は彼によってだけやすらかさを味わい、肉親のような甘え方で心を宥《ゆる》すことが出来たと思う。しかしそれも遠い記憶のような気がする。いつからか人を信じもしなければ、自分を信じもしない習性が身についているせいか、心許ない気持が先にたった。彼女には明日を信じることはできない。

のれんの外から、思いがけず元気な声と一緒に落合が入ってきた。彼の色艶のいい、陽気な顔が現われると、店は一ぺんに明るくなった。蔦枝は飛びつくように迎えて、声高におかみさんを呼び立てた。

落合は藍色の結城《ゆうき》を着て、この前より男ぶりがぐんと上ってみえた。前額が少々うすいせいか、本当の年より老けてみえる。宴会の帰りで、先夜の梅酒の借りを払いによったと言ったが、明らかに蔦枝が目当てだった。落合はしけた塩豆でビールを飲みながら、今までいた宴会の噂をした。きれいな着物を着ているくせに器量の悪い女たちが、へんに上品ぶったサービスをするので、胸くそが悪くてならなかった。どうせ遊びならもう少しざっくばらんに願いたいという意見だった。

「上品なのが気に入らないというと、下衆の生れがばれるかな」

落合は苦笑しながら、これでも神田川の水で産湯を使って、隅田川で泳いだものだと自慢した。

「こないだまであたしも隅田川のそばにいたんですよ。川って大好きさ、せいせいする。一度でいいから川上から川下まで舟で行ってみたかった」と蔦枝は言った。

「そんなことはわけない。ポンポン蒸気に乗りさえすれば、川上は千住大橋から、川下はお台場まで出られる」

「へえ、ポンポン蒸気が今でもありますか」

おかみさんが驚くのを、逆に落合はあきれてみせた。

「でも、今でもあんなものに乗る人があるかと思って。私の子供の時分は浅草へゆくのにいつもあれでした。永代橋の下の舟着場で待っていると、艀《はしけ》がゆらゆら揺れましたっけ。あの蒸気船がポッポッポッと発動機を唸らしてくるのは、いいものでしたよ」

「案外速力もあったからね」

「船室といってもほんの板敷のベンチで、そこに押し合ってかけると、きまって物売りが口上を始めましたっけ」

「そうそう、暦を幾冊も取り揃えて、一組十銭位で売ったものだった。絵本もあった」

落合も興《きょう》がった。

「薬もありましたし、金太郎飴なんか、よく買ったもんですよ。あんた知らない、金太郎飴」

おかみさんは飴の中から金太郎の顔が出てくる極彩色の飴の説明をしたが、蔦枝は見たこともなかった。その飴を売るのがちょん髷《まげ》の飴屋だといいかけて、おかみさんは渋い顔をした。

「それほど昔の話でもないのよ、大正の終りから昭和にかけてのことですよ」

蔦枝はまだ生まれていないのだ。そして利根川の長い堤と、川葦しか目に浮ばない。彼女の子供時分は戦争中でなんの潤いも与えられなかった。明け暮れただ水辺に棲んで貧しく暮した。それでいて川の話は対岸を見るようになつかしい情景を彷彿させた。東京を一歩も離れたことのないおかみさんにこの気持は理解されないだろうというと、落合も同感で、自分も蔦枝と同じ感慨を味わったことがあると言った。

「中国の詩に、不尽の長江は滾々《こんこん》として来る、というのがあった。揚子江のつきせぬ流れは、これは悠久の太古さながらだったな。僕は兵隊だったせいか水の岸に立つときは、はるかに隅田川だの東京湾の海を思い出して、実に感傷的になった」

落合はそれまで東京の街に川があることさえ忘れていたのだ、と言った。

「そんなものですかね」

おかみさんは、ふっと遠い目になった。盛岡に流れついているという亭主も、深川の生れだから、折にふれて洲崎や月島の水の流れを目に浮べているかと思ったのだ。

落合は蔦枝の顔へ、感情のこもった目を移して、

「腹が空いてきた。そこらで寿司でもつまんでこないか」

蔦枝はその目に誘われて、腰を浮せた。ゆきかう目は男と女の暗黙の了解があった。おかみさんは上得意になりそうな落合のために気持よく二人を出してやった。男の開いた傘に入って、いそいそしながら蔦枝は出ていった。嫋《たわ》やかな体が一つの傘の中ではまつわるようにみえる。おかみさんは首を伸ばして、二つの影が橋の前から折れて電車通りの方へ消えてゆくのを覗いてみた。あの客はやっぱり気があるようだと思う。男というものはどうしてこうげてもの好きなのか、遊廓の入口で飲屋の女をとやこうしなくてもよかりそうなもの、とおかみはあきれた気持だった。

それから卓の物を下げようとして盆にのせていると、ふっと冷たい風が吹きぬけてくるのを感じた。顔をあげると、何時きたのか目の前に男の顔が寄ってきていた。おかみさんはぎくっとして、男の顔を三秒ほど見てから、義治だと気づいた。

「あ、びっくりした」

いまいましい気持で、おかみさんは無遠慮な男の顔へ強い調子の声になった。

「なに用です」

「蔦枝はいませんか」

「今しがた、お客さんと御飯を食べに出てゆきましたよ」

義治は眉をよせて信じかねる表情になった。まだ馴染客もないはずの蔦枝が、客に誘われて外へゆくとは考えられない。

「どっちへ行きました、橋の中か、外か」

「さあ、外のようでしたね」

義治は雨の降る道へ飛び出していった。うまくゆけば追いつきそうな可能性があった。おかみさんは妙に追いつかなければ好いがと気を揉んだ。義治に対して意地悪になっている自分には気がついていない。橋を渡った際の交番あたりから、高い怒声が立ってきたので、また喧嘩かと思いながら、おかみさんは客の食べ残した塩豆を口に放りこんだ。

雨がやや本降りになってきた。しばらくして雨にぐっしょり濡れた義治が、髪を額に乱し、ワイシャツを濡らして帰ってきた。へなへなのワイシャツが若い男の身体の筋肉にまつわって、汗くさい体臭が匂った。おかみさんは目をそらして、やっぱり見つけ出さなかったことにほっとなった。義治は焼酎をもらって飲んだ。おかみさんが蕎麦屋の居心地を訊ねたが、ろくに返事もしなかった。時々自動車の警笛の鳴るほかは店も外も静まって、時計の秒針もきかされそうな沈黙が続いた。もしこのまま蔦枝が帰らなかったらこの男はどうなるのかと眺めると、生活力のない若い男が、ふっと哀れでないこともない。おかみさんは自棄酒を飲む男の目が充血してくるのを見て、少し不安な気持になった。

義治は雨に打たれた身体に焼酎がよく効いた。目を放せばなにをするかしれない女への不信に、いたたまれない焦躁と執着がからむのをまぎらすには酒よりなかった。しかし酒は感情を一層亢進させるに役に立った。彼は二杯目の焼酎を飲み干すころから目の色が据ってきて、魂が酒に魅せられて人変りしてゆくときの不気味な殺気を漂わせてきた。彼はおかみさんに絡みはじめた。蔦枝がその客と消えた宿をもしありていに教えてくれないならば、自分にも考えがある、という怨嗟とも脅迫ともつかない声だった。お寿司を食べに行っただけですよ。慌《あわただ》しいおかみさんの証言を、彼は決して容れようとしなかった。おかみさんは怖気づいて、途方にくれた。蔦枝がどんなにいそいそと随いて行ったにしろ、まさか一、二度来た客と泊りにゆくことまで考えてはいなかった。

「それじゃあ、まるでパンパンじゃないの」

すると義治はぎくりとして、おそれていたものに突当ったかのように顔色をかえた。遊廓の前まできた男がそれほど淡泊に女を帰すかどうか疑う彼の気持は、おかみさんの言葉で決定的になった。彼は蔦枝の本性を知っている。この不安はおかみさんにも移った。一つ傘に消えていった男女はやっぱり下心があったのだと思うと、この場をどうしたものかとそれが気にかかる。あれらもあれらだが、目の据ったこの男は痴情に狂ってなにをしでかすか解らないと思うと、冷たいものが背筋を伝った。おかみさんは急に男に向って役にも立たない気休めを言った。

「すぐ帰ってきますよ、どうせ近所でしょうから」

だが義治の瞼《まぶた》に浮ぶのは、店に出ていた頃の蔦枝でしかない。濃い化粧をし、嬌声をあげ、毒気を吹きつけてくる媚態のさまだった。彼女の口説も動作も彼には手にとるばかりだった。彼は残りの酒を一気に干すと、椅子を引っくりかえして立ち上った。目の血走った異常な形相で、風のように出ていった。おかみさんは刃物で頬を撫でられたかと思った。なにも知らずに寿司屋を出た蔦枝が、矢庭に男の逆上した暴力に引きずられて、どこまでしょっ引かれるか解らない。橋のすそのあちら側の暗い共同便所の陰の惨劇がまざまざしてくると、おかみさんは小さな悲鳴をあげながら、あたふたと店の戸に鍵をかけて電灯を消し、店終いをした。共同便所の陰で、前に一人の女が殺されたという記憶が生ま生ましく浮んでくるのだが、それは別の場所にあった新聞記事の記憶かもしれないのである。錯乱したおかみさんには解らなくなっている。雨だれが軒を伝う音も滅々としている。おかみさんは床の中に眠る子供を頼りに這っていったが、心細くて座敷の電燈まで消す勇気はなかった。若い女と勝手に暮している良人《おっと》の行方が、たまらなく怨めしかった。

突然、家鳴りがするほど店の硝子戸が叩かれた。おかみさんの予感は的中した。彼女は飛び起きて、両腕に子供を抱えた。戸は乱暴に叩かれつづけた。おかみさんは膝頭ががくがくしたが、意を決して、よろめきながら土間へ下りて暗い店の電燈をさぐって歩いた。硝子戸の一番上の素硝子に、暗い男の顔がぴったり張りついている。その目が仁王のようにくわっと剝いて、ぎらついている。彼は戻ってきたのだ。

「あいつ、まだ、帰らないか!」

「……帰りませんよっ！」

おかみさんは金切声を挙げた。帰ろうと帰るまいと、自分の知ったことではない。心配ならば一晩中でも雨の中をうろつくがいい。しかし硝子戸を叩かれることは我慢がならない。他人のことでこちらの寿命を縮められるのは筋に合わない。

男の口が裂けて、硝子戸を慄《ふる》わすと、おかみさんは一段と気狂いじみた声を張上げた。

「うちでは、女の番はしていないからねっ！」

男の顔が硝子戸からふっと離れた。おかみさんはふるえながら、恐いものみたさで硝子戸によっていって、戸外を透かした。暗い雨に閉ざされて、洲崎歓楽郷一帯は灯を消したあとだった。人影も見えなかった。

次の朝、遅く起きたおかみさんは頭痛のする額へ絆創膏を押しつけて、子供たちを学校へ追いやり、ぷりぷりしながら待ったが、蔦枝は戻ってこなかった。もう金輪際あんなふしだらな女はお断りである。うちは淫売宿とは違うのだと口の裡に反復していると、少しは気が静まった。野良犬が残飯をあさって寄ってくるのを、足の先で追いながら外を見たが、橋も共同便所のあたりもなにごともなかった。

昼すぎになって、蔦枝は見違えるほどさっぱりした姿で帰ってきた。髪はきれいにセットされ、紫絣の真新しいお召を着て、風呂敷包みを抱えてさっさとわが家の敷居を跨ぐ足どりだった。彼女はおかみさんをみると、明るくわらって科《しな》を作った。ごめんなさいという気持だが、浮々していて、恥かしさも後ろめたさもない、莫連女《ばくれん》のような厚かましい表情だった。

「ゆんべは雨だったし、あれから飲んじゃったんですよ。その代わり今朝は日本橋へ行って、これ買わせてやりましたわ」

ハイと言って、おかみさんへの土産物を差出した。おかみさんは出鼻をくじかれて、仏頂面のまま思わず手を出した。スフモスリンの反物で、四、五百円の代物だが、折鶴の柄ゆきがばかによかった。おかみさんは吊しにしろお召の着物まで忽ちせしめた女の腕に、むしろ舌を巻く思いだった。これでは特飲街の女もかなうまいと思った。女というものはあんがいに生活力があって、どんなようにもして生きてゆけるばかりか、運さえ拾えるのかと思うと、ばかにならない気がしてくる。

「立派な着物じゃないの、あんたの」

すると蔦枝は自分の着ている袷《あわせ》を誇らしそうに眺めた。

「そう悪くもないでしょう」

彼女は一晩がかりで勤めた男から、それだけの報酬を得てきていた。蟇口の高を覗いたが最後、決してそのまま帰さない売春宿のいわば蛭のような吸い口が、彼女の生き方にもあった。彼女は人絹のよれよれな着物から、こりっとした肌ざわりのお召に着更えただけで、目の前が明るくひらけた気がした。元気が出てくる、自信がもてる、なにか良いことがありそうな予感さえする。風呂に入って肌を磨き、髪を結いあげると、新しい心になった。ちょうど店に立っていた頃の張店どきの緊張に似ている。通る客と、袖を引く女との隠微な眩惑的な吸引作用、そこにだけ醸すもも色の灯の下の頽廃的な性の取引、男は獲物といってさしつかえない。女たちは自分を懸命にみせびらかしながら、両袖のひろげた網で、搦《から》めよう、たぶらかそうと競争で媚態の限りをつくす。どうせすることは一つであって、媚態はヴァリエイションの術《て》にすぎない。それもこれも彼女にとっては仕事だし、生きることそのものなのだ。自分を商品として利用することが、彼女には一番生き易い。一番手馴れた生き方なのだ。彼女にはこれしか金を得る手段が身についていなかった。

おかみさんは満足そうな女に、反物の礼を言った。それからその分だけ緩和しながら、それでも女のめでたさに水をかけてやらずには気がすまなかった。彼女は昨夜義治が尋ねてきたことや、彼が蔦枝を追って、どんなに恐ろしい執念だったかを話すうちに、意気込んできて、念のために繰返し喋った。彼に摑まらなかったのは全くの僥倖なので、

「どんな刃傷沙汰になったかしれなかった、ほんとに思い出してもぞっとする」

昨夜は満足に眠ることもできなかったほどだと、おかみさんは頭痛を訴えた。蔦枝の顔はさすがに変った。ふーんと彼女は鼻白んだ。芝居気のある男ではないから、本心かもしれない。世間に向けては意気地なしのくせに、自分の女に向けてだけは何かの特権でもあるように、すぐ殺すの、生かすのという男のわがままが癇に触ると、彼女は毒づく表情になった。

あんな意気地なしの男に、なにが出来るものか、蔦枝の薄い唇はまくれあがった。それほど心配なら誰にも触れさせない部屋へでも入れてくれたらどうかと思う。二言目には死ぬのだという義治のような男のやれそうなことといったら、せいぜい自分を川へ突き落すくらいのことなのだ。死ぬのはまっぴらだし、生きているからこそこんな色合の美しい着物も着られるのだと、蔦枝は袂を撫でてみた。この着物を選んでくれた落合は物惜しみをしない男で、男前も悪くはなし、蔦枝はいやではなかった。蕎麦屋の出前に貢いだところでどうにもならないし、落合を放さずにいる方が上分別だと思う。ねえ、そうでしょう、彼女はおかみさんに同意を求めた。勿論その通りだが、おかみさんにはなんとも返事のしようがない。

「あのお客さんは金放れがよくて、気さくだし、言うとこはないけど、一度こっきりかもしれないし」

「いいえ」と蔦枝は確信にみちていた。なまなかな飲み屋の女とは違う自信があった。

「そのうちアパートを借りてやるって言ってました。いつまでもここには居られまいって」

「へーえ、言っておくけど、出る前に先の人とはきちんと話をつけて下さいよ。ずるずると雲隠れして、まるで私が隠したようにとられるのは懲々《こりごり》なんだから」

蔦枝は含み笑いで頷いている。おかみさんの嫉妬がおかしかった。いつも同性は嫉妬するのだ。小綺《こぎ》麗《れい》なアパートの部屋に座って、自分の手でお茶を淹れたり、ラジオを聴いたりしながら、男の訪れを待ってさえいればいいという暮しは、なんという気楽さだろうと思う。そんな生活に一旦入って、逆戻りしてきた朋輩をみたこともあるが、自分は違うと思う。落合が自分の前歴をしらずに、買いかぶっている以上、なんとか素人で通さなければならないし、それさえ守れば彼女はきっとうまくやってみせる自信があった。彼女は義治を少しも怖れていなかった。さっぱり別れてしまうことは造作もなかった。

灯ともし頃になると、おかみさんはそろそろ外が気になりだした。男がまた現れるのではないかと思い、まだやって来ないなと思う。まごまごしていると女は逃げてしまうのに、あの若者も馬鹿なものだと思ったりする。それとも店が忙しくて抜けられないのか、自棄になってどこかへ行ってしまったのか、なんとも薄気味悪くて気にかかる。おかみさんは男の子に蕎麦屋まで呼びにやらせることにした。なんとなく二人を会わせておいたほうが、後腐れがないような気がしたのだ。男の子はしばらくして帰ってきた。

「いなかったよ」

蔦枝は背中を衝かれたように立ち上った。

「いないって？　出前に行ってるの」

「知らない。今朝早く、どこかへ出ていったって」

「出ていった？　それで荷物は？」

子供はそこまで知るはずがなかった。蔦枝の目の色が変った。彼女は物も言わず表へ出ていった。おかみさんは呆気《あっけ》にとられて見送ったが、女の慌てかたが腑に落ちない。

客が入ってきたので、酒を出して世間話をしながらも、落着かずに待っていると、しばらくして蔦枝はぼんやりと戻ってきた。店と台所のあわいの柱によりかかって、頼りなく沈んでしまっている。さっきまでの気勢はどこにも見当らない。客が出ていってから訊ねると、彼女は腹立たしそうに、

「いないんです、ほんとに、どこ歩いてんだか……」

どんな料簡で出ていったのかと思う。

「かえって良かったじゃないの」

おかみさんは男が去ったと聞くと、拍子ぬけしながらも胸を撫で下した。これでいざこざは済んだと思うと、ほっとする気持だった。

「なにがいいもんですか、ひとを馬鹿にして、別れるなら別れるで、挨拶の一つもすればいい。その位の礼儀はあたりまえじゃありませんか」

声が甲高く走った。唇を噛みしめている女の気持が、おかみさんには意外だった。自分にも良人に逃げられた無念は胸に灼きついているけれど、あれとは場合が違っている。しかし所詮こうした感情は理屈では解らない。

蔦枝はへんにしょんぼりとしてしまって、自分で自分がどうにもならない滅入りようだった。自分のしたことが義治に背いたとも、悪かったとも思わないのに、彼があっけなく離れていってしまうと、急に自分というものがあさましく、ああ私はやっぱり駄目な女なのかしらと思う。

夜更けのネオンが消える時刻に、若い客を送りながら一緒に橋を渡ってきた女が、細帯の姿で、のれんを外した店の中へ入ってきた。

「すみません、一杯だけ飲ませて」

女は若い男を抱くように肩へかぶさって、離れ難い風情だった。蔦枝は二人の前へコップをおいて、ビールを注いだ。女は蔦枝を見ると、じっと目をそそいで、

「あら、あんた、前に紅乃家にいたひとじゃない」

紅乃家というのは、特飲街の端《はず》れの、堤防の際にあった。

「いいえ」

蔦枝は顔をそむけて、首を振った。思わぬところに伏兵のいた心地で、ひやりとした。やっぱりここは早く切り上げなければいけないと思う。

女は蔦枝から顔をそらすと、若い男の頸に巻いた手へ力をこめて引きながら、男の心がどこへもゆかないように、自分の唇で封じこめた。それだけしか男を繋ぎ止めるてだてのない懸命さで、コップの酒も男の口へ与えてやっている。蔦枝は自分の仕種を鏡に映した心地で、切なくなった。身体で相手を捉えるしか出来ない自分たちが、それだけで相手を信じきれないときの不安や焦躁は、やり場のないものである。女はその焦りであがいているようにみえた。蔦枝は客を送り出すと、女の想いが移ったのか、あてどない悲哀に打ちのめされた。ああもう好きも嫌いもない。愛もへちまもあるものか、誰でもいい

からこの泥沼を引出してくれるものが神様なのだと思う。義治とのどうにかなりそうだったゆめも結局は崩れてしまった。崩れてしまえば、義治などは三文の値打もない男だと思う。

風が吹くといがらっぽい空気の巻きつく下町界隈も、秋の日は朝夕が澄んで、黄昏どきもおだやかなら、夜のネオンも美しい。お不動さまの縁日でおかみさんが買ってきたせんべいを、蔦枝がお相伴にぽりぽり食べていると、スクーターのダッダッダッという騒がしい音が、門口に止って、ジャンパー姿の落合が下りてきた。蔦枝の頬は現金なほど耀いた。気怠るそうなからだが急にぴんと伸びて、走り迎えながら、忽ち情熱的な媚の動作に変った。彼女の生理はそのようにしつけられて、鼻音は感情のしぜんな伴奏の役をしたが、それは偽りのものともいいきれない。彼女はこの瞬間の落合に恋していた。彼の顔も彼女に呼応してほかほかとゆるんだ。肉体で馴れ合った男女だけの宥した表情だった。

「部屋、見つかったよ」

「ほんと？　どこ、どこ」

蔦枝は待ちきれずに、男の胸へすりよったが、落合は焦らすたのしさで、すぐには教えようとしない。おかみさんが酒の支度をして出てきて、先程の反物の礼を述べながら、蔦枝の幸運を羨んだ。アパートは神田川に沿った、とある高台の一室ということだった。手付をおいてきてあるが、明日にも行ってみてはどうか、と落合は言った。蔦枝は今夜にも見にゆきたいほどだった。彼女の昂奮した嬉しがりかたは、少しばかり異常でもあった。

「アパートは逃げやしない」

落合は蔦枝の子供のような躁《さわ》ぎぶりを揶揄しながら、まんざらでもない気持の反面で、何一つない蔦枝の支度に首を傾げる気持もあった。まったく瓢簞から駒が出たようなものだった。彼は自分ですら、ここまでゆくとは考えていなかった。これまでも女を囲ったことはなかったし、囲うつもりもなかったが、このゆきずりの女には、遊廓の際で誘われたおもしろさがたまらなく心をそそった。一歩過まれば女はすぐさま私娼街へ堕ちるだろう、堕ちた女には興味を失うにきまっている。そんな瀬戸際の危なさが落合の感じる魅力なのだった。彼は崩れかけて、ようやく支えているような蔦枝のふらふらした危なさに気を惹かれた自分を、半ばおもしろがっていた。金の続くうちはなんとかしてやろうと考える。この情熱は中年の落合には意外な満足だった。

彼は仕事を済ませたあとの気軽さも手伝って、陽気に飲んだあと、蔦枝と明日を約して再びスクーターに跨った。この逞しい、大袈裟な仕かけの車は、こけおどしな音を立てて、勇ましい進軍ラッパのように人を掻き分けて走る。蔦枝はその複雑げな装置の車に乗った落合が頼もしくてならない。

「立派だわねえ、これ高いんでしょ、一万円からするんじゃない」

「ばあか」

落合は蔦枝の無智を苦笑しながら、小遣銭を握らせ、エンジンを踏んだ。彼が手を挙げて颯爽と夜の巷へ消えてゆくのを、蔦枝は名残り惜しそうに一とき見送った。

明日から自分の生活が変るということに、蔦枝は酔い心地になっている。自分で知らずに鼻唄になった。彼女は奥へいって自分の風呂敷を拡げて手回りの品を掻き集めてみたが、手ぶらできてほんの数えるほどの日に一包みになった人間の生活のお荷物を、感心した目で確かめた。おかみさんが一緒に覗きこみながら、アパートの生活というものはどんなに暢気でたのしかろうと羨んだ。いつも心のやすまる暇のない、しがない商売に追われた疲れと気苦労が、おかみさんの心をヒステリックにしているのだが、当分抜けられそうもない。蔦枝はいそいそと包みを結《ゆわ》え上げた。

ふいに、店先から男の声がした。

「つたえさん!」

そう呼んでいる。二人の女は顔を上げた。

「はい」

蔦枝は殆んど弾かれたように立上った。おかみさんはぎょっとして、咄嗟に蔦枝の袖を摑んだ。蔦枝はかまわずに、おかみさんの手を払って土間に下りると、走っていって店の外へ飛び出した。暗がりの中に面皰の浮き出た小僧が立っている。蔦枝はつきあたりそうな激しさで声を弾ませた。

「どうしたの、何かあったんでしょ、あのひとどうしました!」

女の気負いかたに小僧は気を呑まれて、突立っている。

「早く言って！　どうだってば！」

蔦枝は地団太した。小僧は目を白黒させた。

「ええと、それが、電話だったんですよ。病院？　いんや、病院からじゃないや。宿屋だった。ええと、厩橋の宿屋と言えば解るって、そうですか。そこへ金をもってきてくれってさ」

「……いつ、電話があったんです」

「さあ、二時間位前かな、忙しくて来られなかったんでね」

蔦枝は硝子戸に摑まって大きな息を吐いた。軽い眩暈《めまい》がして、全身から力がぬけていくようだった。一旦地の底へ滅入りこむと自分の声がへんに間遠《まどお》に聴えてくる。

「どうもありがとう」

小僧はにやにやしてなにかませた野卑を囁いたが、蔦枝は聴えなかった。彼が行ってしまうと、のろのろと座敷へ戻ってきた。

「宿屋にいるって」

おかみさんが訊ねた。蔦枝は上り框に身を投げ出した。ようやく我に還ると、目を据えて台所の一点を睨んだ。さながらそこに彼の顔があるようだった。

「馬鹿にしてるじゃありませんか。のほほんと宿屋にしけて、金を持って迎えにこいか、誰がいと！」

蔦枝は自分の言葉にあおられて、唇を嚙みしめた。あんまり思い上るな、と言ってやりたい。意気地なしの男がすることといったら、こんなことなのだ。死ぬ死ぬといった人間に死ねたためしはないのである。いっそ隅田川に投身でもしたら、まだしも男らしいと思わないものでもない。

「ねえおかみさん、わかったでしょう。あんな男になんにも出来やしない、怖がることはなかったんですよ。ほんとに、女を殴る力もない、食わすこともできない、とんだ色男です。男ってものは、暴力でもいいから、女に四の五の言わせないのが値打でしょうが……もうほとほと厭です」

蔦枝は吐き出すように悪態ついた。当の相手のいないことが残念でならない。一昨夜からのおそらく一文なしな義治の行方がしれた落胆で、男の正体はそんなものだったかと、蔦枝は興ざめした。このままでいったら、終いは義治を抱えて彼の食われ者になるに決っている。厭なこったと思う。

「能《のう》なし、死にぞくない、阿呆、うぬぼれや……」

蔦枝は口に出して男を罵ると、このまま走っていって、もっと手きびしく義治の胸にとどめをさしてやらなければいられない、激しい感情に駆られてくるのだった。騙しても騙されたでもなしに、うまくゆかなかった失意の結果が蔦枝には口惜しかった。みんな男の意気地なしのせいだと思う。肉体だけが大人であって、義治の精神は不均衡な子供のようにだらしがないのだ。寂しがりやで、小心で、そのくせ無謀なところもあった。屋台へ入るのも気羞かしくて、女をからかうすべもしらず、こそこそ隅にいってしまう男だが、メータクに乗ると、釣銭はいらないと見栄を張ったりする。そのくせ金がないと、忽《たちま》ちしぼんでしまうのだ。するともうおどおどして自分を信じられない弱虫だった。大きな身体の肉塊は弾力をもっていて、どんな反応も示すのに、気持は一つのつまずきにも堪えられない男なのだ。孤独なせいか情に脆くて、死んだ母親のことを語ったあとでは、蔦枝の胸に瞼を押しつけることもあった。彼の眠り方、吐く呼吸のそこはかとない匂い、彼の奇妙な三本だけ生えている細い胸毛、熟知した細部《デテール》、一身同体ともいえる鋳型のなかの自分たち、逞しい筋肉と華奢な柔軟さ、黒い皮膚と白い肌理の一対、男と女の造型は過去も未来もそれに変らない。義治はまだ二十五歳の初々しい、おどろくほど素朴な、未知のものに純粋になる男だった。蔦枝は彼のぷちぷちした腕や、潮風の味のする胸の厚みを思い浮べると、そこへ頬をのせたときの安らぎだけは忘れられないと思う。彼は自分に愛の手を差しのべてくれた最初の男といっていい。彼の手足はいつもかっかと燃えていて、蔦枝は冷えた足指を摑んでもらうと、熱い脈が通って、あ、生きる、と思ったものだった。

「お金もなしに、独りで、どんな気でいるのだか」

彼女は頬杖ついて呟いた。怒りの激情が去ってゆくと、肩が落ちていってしょんぼりした。自分だけをあてにして、心細く待っている男の顔が目先にちらついてくる。捨てると決めた男だけに哀れ深い。

「もう、寝たら」

とおかみさんが声をかけた。その声で蔦枝は顔を上げた。

「ちょっと、行って来ようかしら」

「ええ、どこへ、なんでさ」

「ほっておくと、自殺でもするんじゃないかと思って、一文なしですから」

「だってどうせ別れる男だろ。ほっておきなさい」

おかみさんは蔦枝の豹変を、びっくりして眺めやった。女の激しい気の変り方が呑みこめない。これほど危っかしい思いをさせる人間も珍しい、とはらはらするのだった。おかみさんは今夜男の宿へゆくのは賛成できない。どの道よいことはないに決っている。

「解ってます。ただ宿賃を渡してくればいいんです。それが手切金になります」

「なにも、今夜でなくても」

おかみさんが止めだてするほど、蔦枝はその気になってゆく。このままで男を見捨てるのは、なんとしても後味が悪かった。バスで行って帰ったところで、しれた時間しかかかりはしないだろう。

蔦枝は逸早く立ち上っていた。気持が先へ先へと身体を引きずってゆくのだった。明日は落合とアパートの部屋を見にゆかなければならないことも、脳裏にきざみついている。それとこれとは別だった。今日は明日とは違う。今はまっしぐらに自分を呼ぶところへゆくしか仕様がない。彼女は目を光らせ、一途な表情になって、ゆるんだ帯へ手をやった。


秋晴れの美しい日だった。

真昼どき、裏手の河から賑やかな声が立ってきたので、おかみさんが覗くと、今しも数人の娼婦たちが橋の際からボートに乗ろうとして、騒いでいるところだった。二艘のボートに危い腰つきで乗り移った女たちは、着物を着たのもいれば、洋服姿のもいて、ちょっと見には世間の娘たちと変らない。橋の上には通りすがりの者まで立ち止って、口笛で囃し立てている。運河の水は日ざしを受けて煌めいていたし、白いボートの上の女たちは愉し気だった。オールを握った女が後ろ向きに漕ぎだすと、二艘のボートは滑り出した。なかなか巧みな漕ぎかたで、海辺育ちの生い立ちに見える。ボートが流れ出すと、女たちは少女のように手を振った。橋の上からも、河沿いの家の窓からも、これに応える声がした。

ボートは運河を出て月島の湾をまわると、葦の川辺はほどよい遊覧コースなのである。

おかみさんはボートを見送ってから、七輪を店先に持ちだして火を熾《おこ》そうとした。そのとき落合が豁《かっ》達《たつ》な足どりで店へ入ってきた。おかみさんは債権者を迎えた者のように後じさりに目を伏せた。この場をどうして繕ったらよいか解らない。落合は入るなり、反射的に、

「蔦枝は?」と聞いた。髪でもセットに行ったと思ったのだ。

「さあ、どうぞ」

おかみさんはビールを運んできて、自分の卓の前に掛けた。なんと切り出したものか、途方に暮れてしまう。蔦枝は昨夜から帰らないし、もう戻ってくることもないだろうと思う。おかみさんは懐ろに札束を抱いて希望にふくれたような男のかおへ水をかけるのは、いやな役だと思う。それでも隠せるものでもないので、蔦枝が昨夜から前の男と撚《よ》りを戻して帰らない顚末を話した。

「ひもつきか」

落合はおかみさんをまじまじと眺めた。そんなこともあるだろうと予測しなくもなかったが、まさかと思っていた。あれほどよろこんでいた蔦枝だし、男と別れ話をつけに行ったのではないかと思う。彼にはそうとより考えられない。あの女は熱中する質で、一本気で、そう嘘が言えるとは思えない。

「案外、今から帰ってくるんじゃないか」

落合は未練かもしれないが、そんな気がした。おかみさんはそういう男の自惚《うぬぼれ》を、哀れむ気持だった。

「いいえ、もう帰っちゃきませんよ。さっき男がきて、荷物を引取ってゆきましたもの」

落合の顔は、さっと変った。彼はなにか言おうとして、代りにビールを口へもっていった。あの女の話した身の上話がでたらめだったとしても、あれほど情熱的に身をまかせた気持には、自分によって新しい生活を持ちたいと願う思いがあったのではないか。愛人があったとしたら、あれほど易々と身をまかせはしないはずだろう。

「男がうしろで操っているのと違うかね。それとも誰にでも自由になる女か、どちらかだ」

「それですよ、すぐ身をまかすのは商売なんです。あのひとは特飲街《なか》の紅乃家にもいたことがあるらしい、娼婦上りですよ」

「ほんとか」

落合はいかにもショックを受けたように、興奮した面ざしになった。

「だから、パンパンなんぞ、その場だけのもんですよ。色町の女はそんなように出来てるんです。人としてはいい子でも、二度とまともになれない毒気に冒されるんです。殿方は浮気の虫だから遊ぶのを留めはしませんが、一番大切なのはやっぱりおかみさんてことです。蔦枝ちゃんも悪いひとではなかったけど、引っかかればあなたの損でしたよ」

落合は興ざめた気持で、蔦枝の何喰わぬ顔を思い浮べた。逃がしてしまった惜しさもまだ多分にあったが、ほっとした気持も争われない。危なかったことだと、財布に手をやる気持だった。

「きっぷのある、おもしろい女だったが、ひどいもんだ」

おかみさんも相槌打った。あの女はやっぱり義治と別れられなかったと思うと、不憫な気もする。これからどうやって生きてゆくつもりか、どうせは堕ちてゆくより道がないだろう。

落合は白けた面持で黙ってビールをあけ、おかみさんも無言で注いだ。のれんの間からふいに見知らぬ女が半身入れて、お辞儀した。紺地のスカートに臙脂《えんじ》のセーターを着て、下駄を履き、手にビニールの風呂敷包みを抱えている。二十一、二の女で、ひどい器量だが、化粧は一人前にしてあった。

「女中に置いてもらえないでしょうか」

にこにこ笑っている。おかみさんは身じろいで、にべもなく言った。

「折角だけど、もう決りましたよ」

女は落合に手を出して、煙草を一本無心した。落合が火をつけてやると、唇をつきつけて火を移し、美味そうにぷかぷかと吸いはじめた。

「どこから来たのさ」

「埼玉です」

「玉の井だろ」

落合が冷かすと、女は手を挙げて、これでもあたし堅気ですよォと言った。煙草を吸い終えると、女は礼を言って出ていった。おかみさんは溜息ついた。ああいう女は永久にあとを絶たない気がする。

「また来る」

落合は立ち上って、あっさり帰っていった。また来るかどうか解らない。おかみさんは客を見送って、秋陽にぬくむのれんの外へ目をやった。午下りの洲崎界隈はひっそりとしずまっていた。

銀座

人魚の姪

龍《りゅう》胆《たん》寺《じ》雄《ゆう》

まえがきの口上

街通りの店々にならんでいるきらびやかなショーウィンドウを、水族館のガラスの檻にたとえると、——いや、街の人魚は、ガラスの檻に飼われているのではない、自由に鋪道《しきいしみち》の人ごみの間を泳いでまわっては、燐色《りんいろ》に光る妖麗な肢体で人を魅惑して、自分の青春を楽しんでいるので、見様《みよう》によってはかえって、人間の方が、ガラスの檻に飼われて、浮気な人魚の眼を楽しませているあわれな魚族のようなものだが、さて、それにしても、いくら美しくって淫蕩《いんとう》でも、ヘソの下には尻尾きりない人魚に、ほんとうに人間と、色恋ができるものだろうか。

パトロンは四五人いる

ア、あの人だわ!

ギンザ四丁目——「和光《わこう》」の角で、ふいに足をとめた朝吹《あさぶき》由美子は、雀部《ささべ》良介の腕をギュウとかかえこむようにしていたのから、放心したように自然と手首をぬくと、霧雨にぬれた鋪道の上に一人で立って、ハイ・ヒールを時計の針のように、クルリとなめらかに回転《ターン》させた。

スーッとすれちがったまま、振りむきもせず、ぬれて街の灯りをキラキラとうつしている電車の軌道の方へ、さっさと遠ざかってゆく若い男のうしろ姿を、そこに立ちどまってじっと見送っている朝吹由美子の睫毛《まつげ》には、こまかく霧のつぶがくっついて、それにも街の灯りがうつり、無数に蕩漾《とうよう》する虹の輪が、彼女の視界をおぼろにしていた。

とっさのことで、はっきり眼にとめたのは、うしろ姿だけだった。

けれど、幅の広い高い肩と、それが癖の、ワザとしているような軽い前こごみの頭の形に、特徴があった。それは傲岸《ごうがん》な姿勢というのではなく、反対に、なりばかり大きく、お坊っちゃんそだちした男の、内気な気質をあらわしている——といった感じだった。

「何だい」

雀部良介はタバコをくわえた鼻声できいた。

自分の腕の中から、鮎のようにしなやかに、スラリとぬけて行った女の手の、どこか冷たい感触を、心に淋しんでいると、はじめて、えり首の中へ風が吹きこんで小ぬか雨の冷たさから、ジメジメした秋の夜のわびしさを感じた。

自分から一歩、精神的な空間をへだてて離れた場合によく感じる、女のあの特別な美しさが、いくらか心にこたえたといったところが、なくもなかった。

「…………」

女は、けれど答えなかった。

そして、視線だけで、街の灯りのかなたへ、人影を追っていた。

タバコの煙が彼の方から、リボンのように流れて、彼女の頰にからんで来るのを、由美子は意識していた。

一抹の不安はあったが、彼女の自信がユラめいたわけではなかった。

それよりも、今、チャンスを失ったら、——という考えかたの方が、圧倒的だった。

雀部に対しても、自分の方から彼にあいびきを誘いかけて、雨の夜の街頭へひっぱり出しながら、彼をここへうっちゃりぼうけして、勝手に、そしてだしぬけに、自分だけの浮気な興味へ跳躍《ちょうやく》してゆく露骨な——露骨すぎるしぐさが、さすがに心に痛かったけれど、それも今は顧慮していられなかった。

ここで、あの人を見失ったら？

で、心をきめると、朝吹由美子は一瞬、雀部良介をふりむいた。

「ね」

全身の美しい媚態を意識して、彼女は相手のからだにからだをこすりつけ、からみつくようにして口早に彼にいった。

「あたくし、失礼させてね！　あたくし、どうしてもつかまえなければならない人がいるの」

そして、痛いほどギュウと相手の手をにぎりしめ、どこか哀願的な語調で「ごめんなさい」とさけぶと、身をひるがえして、人ごみの向うへかけて行ってしまった。

もっとも、二三歩行ったところで、またふりかえってつけ加えた。

「あとで、わけ話すわ。ね」

雀部良介はタバコを口にくわえたまま、しばしあっけにとられて、そこにたたずんでいた。

右に左に、人の肩がぶっつかる。

芝居の上の失恋男ならば、二三度肩をすくめて、にくまれぐちのかわりに、頤《あご》でもつき出してみせるところだが、——などと、心で苦笑しながら、この温厚な中年の紳士は、けれど、自分の一番上の娘と同い年の、まだほんとうに女として成熟したとはいえない年頃の女の子に愛想づかしをする気にもならず、上衣の内ポケットに角《かど》だってかさばって邪魔になるさつ束《たば》を、なんの気なしにちょいと指先でなでると、こんなことを心でつぶやくのだった。

(思いがけず節約《セーブ》できたこの金で、子どもにおもちゃでも買ってやるか。——)

今日、ひるやすみの時に、会社へ電話がかかって来た。

午後八時頃、いつものように、銀座裏のバー・マサリックで待っている。一晩都合してちょうだい。——

朝吹由美子からだった。

二月ごろ、偶然街でしり合って、それ以来交渉をつづけている、ありふれた「街の女」だが、ちょっとかわっているのは、「街の女」が正業なのではなくって、別にちゃんと正業がある。神田の方の、ある大きな（そしてはなはだ不景気な）電気計器会社の女事務員をつとめていて、ただそれだけの収入では生活できないという理由で、月に幾度か――たいてい毎土曜の夜に、街へ出る。

街の商売の間に、しぜんとできた常連のパトロンが四五人あって、その常連たちは、彼女の本当の名前はもちろん、住いの所番地も、勤めている会社から、その電話番号、さては、彼女のサラリーの額まで、ちゃんと識っていて、電話一本で随時連絡がとれる。

朝吹由美子というのは、もとより「街の女」である彼女の仮名なのだ。

ある造船用内燃機関会社の重役をしている雀部良介は彼女と偶然しり合って、彼女の素性を識ったら、彼女のつとめている神田の方のその電気計器会社と、自分の会社との間に、旧くから取引関係があって、そこの社長や専務なども顔見識りの間がらだったのに、ちょっと驚いたけれど、結局それは、二人の関係に一種の安定感をあたえるのに役立ったとでもいおうか。

つまるところ、ただの「街の女」と、フリの「街の客」との、水くさい関係とはちょっと別な、一種家庭的《ホームリー》（？）な気分でつきあい且つ遊べるということや、去年高校を出たばかりだという、初心《うぶ》な、子どものような年齢や、まだいろいろなものにけがされていないような気のする、一種新鮮な性格や、そのくせ、あるところまで行くと、ヘンに淫蕩で情熱的な一面を露出して来ることや、眼立つほどの美貌――といったようなものが彼女の魅力だった。

まあ、あとくされなく、結局金銭ですべて決済のつく街の恋人、——とでもいえばいえた。

バー・マサリックでちょっとグラスをかたむけて、それからギンザへ出た。

秋の霧雨にしめっぽくぬれた銀座を歩きながら、これも今までの習慣で、これからの予定のうちあわせもせず、まあ気が向いたら、どこかそこらのホールへでも行って少し時間を消して、そのうち気分が出たら、相談して、その先の計画をたてよう。

そんな気でいたところだ。

夕飯をまだ食っていない雀部良介は、急にうすら寒いすき腹を意識した。

これも一ぴきの魚

GO《ゴー》・STOP《ストップ》に行手をさえぎられて、電車が二台、眼の前を行きちがうのを、イライラと待っていた朝吹由美子は、青い信号灯が線をなしてキラキラと流れているぬれた軌道を跳ぶようにして、人を追いぬき、人と人との間を抜けて、さっきから視線を放さないで来た若い男のうしろ姿に追いついた。

肩の辺を軽くたたかれて、若い男は振りむいた。

「…………?」

「あたくし」

乱れた息づかいとセカセカした声音とが、男の記憶をよびさました。

彼女の職業的なアクセントの強い夜の化粧と、身なりとが、ちょっとの間、男をとまどいさせたのだ。

「あ！　あなたか」

「お久しぶり……」

由美子はしみじみとなつっこく、——そして、相手に働きかける自分の媚態を、充分意識しながら、

「そこの和光の前で、行きちがったのよ。お気づきにならなかった？」

人と人との間をスラリとさけて、相手とからだを密着させて立った。

「ああ、そう」

男のほうは、まだ落ちつきを取りもどさないあんばいで、

「眼鏡がくもっていたもんだから……」

「あなたお一人？」

「ウン。……今そこまで、友だち二三人といっしょだったのだけれど、そこで別れたもんだから……」

そして、ふいにちょっとあらたまった調子で、そして——気のせいか、いくらかまぶしげな眼で相手を見て、

「いつぞやは、失礼……」

「いいえ、あたくしこそ」

由美子は相手の視線から、ふと気づいて、思いきり華美でケバケバしい自分の身なりを自分で見まわすと、気がさしたように、けれど、かえって明るく陽気に、

「でも、こんななりをして、こんなところでおめにかかっても、お見ちがえになるわね。はじめのうち、おわかりにならない様子だったわ。ああおかしい！」

コロコロと声を立てて笑って、ピシャリと相手の腕をたたいた。

「あたくしは、でもさっき、すぐに、あなただとわかったわ」

いくらか不服げに（というほどでもないが）軽くスネてみせた。けれど、甘ったれた鼻声だった。

あの夜の出来事

話はさかのぼる。――

夏、八月の暑いさかりを十日ほど、朝吹由美子はパトロンの一人である水島要蔵《みずしまようぞう》につれられて、いっしょに那須野《なすの》の温泉に滞在してすごした。那須火山の中腹の、小さな渓谷にのぞんだ温泉で、株屋さんである水島は、株の取引のことでこの温泉の主《あるじ》とは、かねて懇意な仲なので、毎年夏のうち幾日かは、ここですごす習慣だった。

そこへ今年は、彼女を同伴して来たのだ。

温泉の主と水島とは、子供のような由美子に酒の酌をさせながら、彼女を前において、どんな露骨な助平《すけべい》ばなしでもし合える仲なので、由美子はそこの空気には何の気がねもなかったけれど、何ぶん、山ふところへ奥深くはいった原始的な環境で、ちょっとした風景以外は、都会的な雰囲気の中で朝夕をすごして来た由美子には、気ばらしになるような何ものもない。

渓谷をそのまま、人工を加えず利用した素朴な野天の温泉だとか、癩病《らいびょう》あがりの工夫がたくさん働いている。ものすごい、硫黄《いおう》をとる山だとか、昔、山麓の御用邸へ陛下や宮さまなどが来て滞在された時分、随従して来た宮内省の高官などが、その間ずっとここを宿所にしたので、そのために特に設けたという、温泉宿らしくない高雅なおもむきをもった建物や施設だとか、そういったものが、都会の風物にばかりなれた眼に、ちょっと物めずらしいというぐらいのことで、四五日すると、もう彼女は退屈をもてあましはじめた。

水島は水島で、明けるとから夜まで、酒、酒、酒で、あとは、宿の主を相手に、飽きることのない将棋だ。

「由美ちゃん！」

水島は将棋をいじりながら、宿の主の前でヌケヌケとこんなことをいう。

「君には夜に、寝床の中でしか用事がないんだからね、昼間のうちはせいぜい、何でもすきなことをして、気ばらししておいでよ。ワハハハハハ！　ヤキモチは絶対やかないからさ」

三十をいくつも出ないのに、もう頭のてっぺんの毛が薄くなって、頭の地肌の光るのがすけて見える老成な水島は、実際また、一面にそういう淡泊な気質のところがあって、そこに由美子は好意が持てた。もっとも、そうかと思うと、ものすごくネチネチと脂《あぶら》っこく、精力的に助平なところもあるのだけれど。

宿の主がひやかして、

「もっとも、過ぎるとアレも、おくびが出るものだからナ」

水島はしかしそれには動ぜず、盤面から眼も放さずに、

「まったくおくびが出るよ、この手には。……畜生メ、また角《かく》か」

といった調子。

高地の癖で、夜になると山の頭は雲にのまれ、渓谷の風景は、冷え冷えとした乳色の霧の中に消えてしまう。ちょっと高みになっている渓谷の天然風呂からは、ガラス戸で仕切った低い室内浴槽へ、絶間なく湯滝が落ちてそこから渦巻きあがる湯気が、窓の外一帯にたちこめた濛気《もうき》と呼応して、すべてが白い。

白い夜。——

その白い夜の向うに、一輪百合の花が咲いたように、くっきりと白い輪廓を示して、一と張りの天幕《テント》が見える。

昼間だと、うしろは熔岩の岩壁をけわしくそばだてた那須火山で、左手は、雄大な裾野が脚下に緑の地図をひろげている——いわゆる那須野ガ原だが、今はその一と張りの小さな天幕は、天地ただ白漠々たる中に咲いていている一輪の花にすぎない。

若い人たちの一団——四五人の男たちと、二人の若い女性とが、その天幕に暮らしていた。

食事は、一部は天幕で自炊し、一部は温泉宿のまかないと約束して、そこから取寄せて間に合わせているらしく、それに、渓谷の天然風呂も、内湯《うちゆ》の方も、彼等に開放して自由に使わせていたので、この若い一団は、わがもの顔に界隈を占領して、奔放なさけび声を岩壁と岩壁との間に反響させたり、夜の闇を赤くいろどったたき火のぐるりで、唄ったり、踊り興じたりして、アケスケに青春を楽しんでいるというふうだった。

あの夜のことだった。

例によって、将棋に夢中の水島から閑却されて、退屈していた由美子は、幾つかの階段と長い廊下をぬけて浴室へ下りて、自分のにきめているNo.13の脱衣棚に浴衣をぬぎすてると、浴槽からあふれる湯に絶間なく洗われてあたたまっているタイルの床を横切って、灯りの明るい浴室を通りぬけ、その先の色ガラスの仕切り戸を開けて、外の闇へひらけている渓谷の天然風呂へ出てみた。

ただいたずらに明るいばかりで人気のない、ひっそりした内湯の浴室よりも、何か楽しげに人声が反響し合ったり、水音がいりまじったりしてにぎやかな野天風呂の方に興がひかれたからだ。

この時刻には、いつものことで、渓谷一帯は朦々《もうもう》たる白い夜霧の底に沈んで、両側にいかめしくむき合ってそびえているけわしい岩壁も、その正面に、グーンとのしかかるように天空へのびて仰げる那須のいただきも、ことごとく白一色にかき消され、渓谷の底にたたえた湯が一枚白い湯気の幕になって、うす闇にモヤモヤとただよっている。——
灯りとしては、内湯の浴室の窓から外へもれる光だけで、それもほんの、そこらにたちこめた朦気の一部を明るくするにすぎず、陰森《いんしん》とした夜の闇へ空から降る自然の光が、わずかにほのぼのと、湯気の中に融けているだけだった。

どこかそこらへ夕立でも近づいているかして、ごくまれに、空いっぱいに稲妻の青い閃光がひろがり、そのたびに、一面の朦気が、大きく白く明るくかがやいては、瞬間の後に、またもとの闇といれかわっていた。

むちゃくちゃに湯をハネかしておよぐ音、岩壁からザブンととびこむ水音、追っかけたり遁《に》げまわったりふざけかけたりして発している若い男や女たちの叫声。——時折り、すぐそこの水面を覆ったうすい朦気の膜のところに、黒い人の頭がおぼろに現われては、しぶきを光らせてまた消えてしまう。

天幕の例の連中に宿の人たちもまじって、陣取り遊戯か何かしてさわいでいるらしい。

由美子は自然石を組んだ段々から、湯の中へからだを沈め、そのまましぜんと平泳ぎの姿勢になって、沖の方——水面の中心へ向けておよぎ出した。

ブクブクとあぶくを出しながら、向うからはすに湯の中をもぐって来た誰かが、由美子の両脚の間を下からぬけるようにして行きちがうと、今度は別の一人が、抜き手を切って近ずいて来て、だしぬけにゴツンと由美子の横っ腹へぶつかって、グイと上からおさえつけるようにのしかかった。

乱暴に肩のところを鷲づかみにして、片手で由美子の脚首をつかまえたかと思うと、若い男の声が、由美子の耳の近くでさけんだ。

「つかまえたゾ！」

理由のないおかしさが、グッと彼女のおなかの中からこみ上げて来た。

イヤよ！

そういおうとしたが、片がわへ加えられた乱暴な男の力で、からだのバランスが破れて、あぶなく湯の中へひっくりかえりそうになったので、思わず由美子は男の腕にすがりついて、何よりもまず足を地につけようとしてもがいた。

それほどの水深ではないはずだったが、一つは半身が浮いていて、からだがななめになっていたせいもある。脚が地にとどかず、そのはずみに彼女はブクッと、肩から首から頭まで湯の渦巻の中へ沈んだ。

あ！

しぶきにむせ、狼狽して夢中で首をあげて、水をかきだした由美子の、やわらかいしなやかな裸体を、男の腕がギュウと抱きすくめて、動けなくしてしまった。

アハハハハハ！

男は若い生き生きとした明るい高笑いを、両側の岸壁にまで反響させ、けれど、由美子を抱きすくめた腕の力は毫末《ごうまつ》もゆるめずに、裸と裸とを密着させて横抱きにすると、そのまま、水底の岩角の危なっかしい足場を、首までつかって歩きながら、有無をいわせず彼女を一方へ引っぱって行った。

由美子の心臓がドキドキ高鳴っているのが、男に感じとれたろうか。

一種、思いがけないヘンなこころよい蕩酔が、彼女の心をとらえていた。

男を相手に、からだの商売をして来た由美子には、ちょっとめずらしい気持で、この生活に身を入れたごく最初の頃に経験したあの刺戟的な気分が、瞬間、新鮮によみがえった。――

あたりは、闇に融けた白一色だった。

陣取りの遊戯の仲間が、ぐるりに右往左往して、はしゃぎ廻り、さわぎまわっている。

その中で、行われていることだった。

首だけ辛うじて水面に出て、彼女は横抱きにされていた。

そして、そのかっこうで、渓谷のいちばん向うの、奥の隅の、入江のかたちをした岩かげのところへ移動しながら、その移動の途中、男の唇《くちびる》が幾度も、彼女の唇の上に強くおしつかった。

(人ちがいをしているのだわ)

このことが、何かしら彼女にとって痛快だった。

いたずらいたずらしたよろこびが、たまらないおかしさとなって、彼女のこころの底からうずきあげて来るのだ。

男は、スポーツできたえたらしいガッシリした骨組と肉づきをしていて、由美子の横腹のおしつかっている胸のあたりなどは、隆々という言葉で形容したいくらい、たくましい筋肉がもりあがって、幅広く部厚つだ。

それでいて、そこらの皮膚の感触が、ヘンにしなやかでなめらかで弾力があるのは、たぶん年齢《とし》がごく若いせいだ。

そういえば、バスの美しく響く声にも、若々しいツヤと弾力とがあった。

彼女はさっきから、一言も声をたてなかった。

声を出したら、人ちがいであることが、すぐに相手にわかってしまうにきまっている！

（そしたら、つまンない！）

彼女が無言のまま、結局彼にされるままになっていることは、彼からすれば、彼女の肯定ととれるにきまっている。——そのことも、彼女にはよくわかっていた。

けれど、彼女の心を何よりもウズウズと楽しませたのは、男の方がこういう行為に対して、圧倒的に積極的に出た癖に、実は行為そのものについてはまったく初心《うぶ》で、自分でドギマギととりのぼせて、内心すっかり冷静を失ってしまっていることが、はっきり彼女に読みとられたことだ。

その証拠には、だいいち、男のムックリふくれた胸のあたりに、ぬれた髪といっしょに押しつかっている由美子の耳に、じかに伝わってくる彼の心臓の鼓動の、何とおかしいほどはげしく波立って、さわいでいること！

そのはげしい動悸につりこまれて、つい自分の方でも何となく、ドキドキと胸を高鳴らせてしまったほどだ。——

「彌《や》っちゃん!」

霧の向うで、誰かが呼んだ。

「彌っちゃん! 彌っちゃーん! どこだあ?」それからしばらくして「彌一郎《やいちろう》クーン!」

けれど、誰もこたえる者がない。

「下位《しもい》!」

別の声が、また呼んだ。

由美子が何となく、直感でハッとした時だった。だしぬけに、何か巨大なものが宇宙に鳴り響くように、男の胸の筋肉が奥の方から由美子の耳を震動させて、——けれど、彼女の裸体を抱きすくめた手はゆるめずに、男が答えた。

「おウい、ここだア」

「あんなところだわ」

若い女の声が、遠くでいった。

「危いぞ、うしろから廻られるぞ。警戒しろ」

別の声がいった。

「ウマクやれよ、下位!」

これには、彼がこたえた。ヘンにかすれたふるえ声で。——

「OK!」

いうといっしょに、上からこごんで来た口が、また由美子の唇の上に重なった。

ピチャピチャとぬれたあたたかい砂地に二人は横たわっていた。

このような行為にぜんぜん初心な男の、まるでシドロモドロでたどたどしいのを歯がゆがりながら、でも由美子は、自分の心の内の積極的なはたらきかけを、微塵も相手に気づかれない狡猾《ずる》さと、相手の誘いかけに内輪に反抗《てむか》い、いつかしらこちらの思うツボへ相手を誘いこむという巧妙さで、麻痺的な蕩酔の経験の中へ、相手をひき入れてしまった。——

頭のどこかが痺れるような、巨大な真空の中で意識をさますと、男——下位彌一郎と友だちから名を呼ばれたその青年は、由美子の裸体を抱きしめている手をほぐさずに、耳に口をつけてささやいた。

「ごめんなさい、ごめんなさい、アキ子さん、ごめんなさい」

鼻の頭をおしつぶしそうにしたまま、子供がイヤイヤをするように、むちゃくちゃに首を振って、

「ごめんなさい、ね? ごめんなさい。……」

彼女はだまっていた。

(アキ子さん?)

由美子は夜の中で、冷静に大きく眼をあけたまま、こころでつぶやいた。

(ああ、その人とあたくしとを間違えているのだわ。——ああおかしい!)

男は口を由美子の耳に重ねるようにしたまま、くすぐったい息といっしょに、くりかえしていった。

小さな子どもが母親に甘えるような、甘ったれた声で、

「僕をゆるして下さいね、アキ子さん」

声に出したら、人ちがいがバレてしまう。

由美子は、口の中で低く霞めた、音にならない声で、小さくいった。

「ゆるすわ」

「ありがと」

男は熱狂的に由美子を抱きすくめて、

「僕、自分のしたことに、責任を持ちますからね」

「いいのよ」

「ウウン! ぜったいに僕、責任持ちますよ」

「……」

「明日は僕、東京へ帰らなければならないけれど、………東京でまた会ってくれますね」

「ええ」

唇にまた唇が重なろうとした時、空の一角に小さく稲妻がひらめき、続いて、引窓を大きく引き裂いたような空の輝きが、一種の戦慄をもって、パッとそこらいっぱいに大きくひろがって、短い間明滅して、また消えた。

からだとからだを重ねたまま、真近く顔を見合わせていた二人が、だしぬけに一瞬心理的に強直した。

「あッ！」

由美子は、男の口から、小さなさけび声をきいたような気がした。

けれど、それは彼女の錯覚だったかもしれない。

相手がハッとしたように手をはなして、身を起そうとしたのへ、今度は由美子の方が、下から、強くはげしく抱きすがった。

「……？」

男の方の心臓がとまるほどの驚きと当惑に対して、由美子はおちついた、シッカリとした声でいった。

「ごめんなさいね、あたくし、あなたのアキ子さんではなくって。……ごめんなさい」

もはや、まがうすべくもない彼女の声だった。

空いっぱいの電光の中で、はっきりと片蔭りに見た男の面ざしが、由美子の眼の底に焼きついていた。

男らしいひきしまった輪郭の頬と、ギリシャ型の彫像のような鼻と、まだ少年の頃の面影を失わない可愛い受け口の唇とがそこにあった。ぬれた眼鏡の奥から、蔭の深いまなざしが、焼くような視線で自分を見すえていた。——

昨夜は失礼

翌日《あくるひ》由美子は、いつになく、おひる前の散歩を口実に、宿を出ようとしたところで、ちょうど天幕の一団のうち、今日これから東京へ帰るのだという三人ずれが、それぞれめいめいのリュックを背に、ステッキ一本という身軽ないでたちで、宿の帳場へそのあいさつに寄って、そのまま帳場の番頭さんに送られて、山を降りようと出発しかけているのを、偶然、前庭の岩組みのところで見送った。

昨夜の、あの青年——下位彌一郎は、すぐその三人の中から見わけがついた。

夜の印象から想像していたよりも、もっと年若い、まだ少年の面影がすっかり消えないような、純真な、——そして、どことなく身についた気品のある、美しい青年だった。

白いピケ帽を、ツバをぐるりと子供のようにまきあげたまま、無雑作にアミダにかぶり、クリームがかった白い麻の上衣を脱いで腕にかけて、半袖の白い開襟シャツの背に、革や金具の上等な大型のリュックを、だぶだぶに背負い、同じ麻地の短パンツの下から、毛深い白いソックスをつけた長いすねをむき出しにしていた。

スポーツマンらしいキリッとした身なりだった。

そう、学生とすれば、大学卒業まぎわの上級生か、さもなければ、大学を出たばかりの、けれど、地位のいい若いサラリーマン、といった感じだ。

前庭の、高山植物をはびこらせた岩組みのかげに立って、さりげなくこちらを見送っている、眼立つほど美貌の、けれど、ワザとじみな模様の浴衣を着て、年をふけさせている由美子の、何かしら特別な感情をこめた視線に気づくと、ハッとしたらしく、——と思ったら、これにこたえるように、ふいに頬のあたりに美しく血の色をのぼせて、帽子の前ツバに指をかけ、軽く、けれど、ていねいに、会釈をした。

(昨夜は、……しつれい)

眼の表情が、無言のまま、そういうあいさつを送っていた。

心なしか、いくらかてれた風はあったが、くもりのない、良心の明るさが感じられる眼差だった。

(いいえ、あたくしこそ)

冷静な微笑の中に、これだけの言葉をこめて、由美子は、彼女もまた無言のあいさつを送りかえした。

(自分のしたことに、僕責任を持ちますからね。……東京でまた会ってくれますね)

そう、彼は昨夜いった。

けれど、——あれは、人ちがいの相手、彼女のアキ子さんにいった言葉だったのだわ。

彼等を見送ったあとで、由美子は、帳場で宿帳をかりて、ページをめくってみた。

宿泊人として名簿にのっていないかしらと思ったからだけれど、下位彌一郎という名前はどこにも見

あたらなかった。(シモイ、シモイ……シモイってどういう字を書くのかしら)

「何かおさがしですか」

番頭さんにきかれて、由美子は心の中でふと頬を赤くした。

出来るだけ淡泊に、

「今しがた山をおりていらした下位さん、これにのっていませんわね」

「ああ、彌っちゃんですね」

番頭さんは、これはまたひどくなれなれしい口調で、

「彌っちゃん、……下位さんなら、こないだお名刺をいただいたのが、どこかそこらに挟んであったっけ。下位さんは、今度、なくなられたお父さんの関係で、H船舶へ、おつとめになられたのだそうで。……お父さんの時代から、御懇意をいただいているのですがね。さよう、ただ今は渋谷の方におすまいでいらっしゃると思いましたが」

それ以上のせんさくは、けれど、由美子にはできなかった。

しかし、街の人魚は――

バー・マサリックの、さっき雀部良介と向きあって座ったボックスの中へ、朝吹由美子は、今度は、

下位彌一郎と向きあっておさまっていた。

霧雨にぬれたギンザの鋪道を、十分ほどつれだって歩いているうちに、どちらがどちらを誘うともなく、自然と裏路地へはいって、ここのボックスに二人は落ちついたのだ。

もっとも、由美子からすると、ここは、いつも網を張って魚を待ち受けている漁場なのだ。

「あそこ……那須へは、よくいらっしゃるのですって?」

由美子が美しい眼をしていった。

「宿の番頭さんが、そういっていましたわ」

下位彌一郎はトロリと琥珀《こはく》色によどんだカクテル・グラスの中の真ッ赤なマラスキーノ・チェリーを明りにすかして見ながら、その冷えびえとした感触を楽しんでいる様子で、

「ええ」

作意のない、無心な返事をした。

「下の御用邸のならびに、古くから、親爺の別荘がありましてね。広いばっかりで荒れ果てているけれど、僕でも行かないと誰も使わないもんだから、毎年行くのですが。……もっとも湯は、御用邸のと同じのを、上から引いて来ているので、那須の温泉の中では、まあいちばんマシなんですがね。ああ、そうそう、僕らがおよいだあの野天風呂、ね。あそこの渓谷のところから特別にひいてあるんです」

「別荘にはいらっしゃいませんでしたの?」

「別荘にいてもつまんないから、友だちを呼んで、山でキャンプをしていたんです」

由美子はちょっと皮肉な眼で、

「アキ子さんというかたは?」

「アキ子さんですか」

何か鋭敏な反応がありはしまいかと、由美子が繊細な神経で注意したのに、下位彌一郎は存外それにはこだわらず、明るくのんきに、

「アキ子さんは妹の友だちですがね。妹といっしょに、女子学習院の高等科をこの春出て、大学の文科へ出て、哲学の聴講なんかしています」

そして、素直に笑って、ちょっと頭をかいて、

「僕には、ちょっと歯が立たない……」

「アラ、でもお好きなのじゃないの?」

「まあ、好き、……そう、ごく簡単には、好きといえるかしらん。けれど、たぶん、それだけですよ」

「で、あちらは?」

「さア、きらいではないでしょうが。……いや、きらいかな。わからないな僕には。でも、きらいでもかまいませんよ、僕は」

「まア」

由美子は、白味の蒼い眼を冴え冴えと美しくみはって、華やかな唇で笑って、――こうして相対しているうちに、だんだんと年下の弟を愛撫するような気になって来た相手に、

「それじゃ、あの晩なさったことは、ただの、その場かぎりの気まぐれ?」

「あ!」

ふいに、青年の頬に、血の色がのぼった。

「あれは、あれは、僕、……」

相手の青年の若々しい純真さが、由美子のこころに、淡い、けれど、悲しい懐郷の思いをさそった。二度ともはや自分の荒れはてた人生には、もどって来ようもない、あの純真だった乙女の頃の、こころのうずく、春の芽のような、青春のなやましさ!

ああ、うっかり忘れていたことだけれど自分にはもう、遠い世界になってしまったんだわ。

さっき、ここのボックスにはいって、卓を挟んでかけた時、由美子は青年から、勤務先や住いの所番地をすりこんだ名刺をもらった。

住いは渋谷の松濤《しょうとう》で、電話番号が三つもはいっていた。そういえば、下位という姓は、どこかできいたことのある、政界か財界の、とにかく知名な家だ。――

青年の身についているどことない美しい気品は、気のせいばかりではない、たぶんそういう家がらとか育ちから来ているのだろう。

そんなことも今の彼女にとっては、手のとどかない、遠い高いところに咲いている花の匂いのようなものだった。

一と足先に外へ出た由美子が、灯影《ほかげ》のうす暗い路地の表に立って待っていると、空から降る霧雨の中にはそれと感じられるくらいの大きさの雨粒がつめたくまじっていた。秋らしい蕭々《しょうしょう》とした雨の夜になるらしかった。

「お待ちどう」

つり銭を受取って、大またに、鋪道の上を踏んであとを追って来た下位彌一郎の前に、ふいに由美子は、ハンドバッグから取出した白い小さなものをさし出した。

何ごころなく受取って、灯りにすかして見たら、――さっき女に渡した名刺だった。

「なに?」

「お返ししますわ」

やや自嘲的に由美子はいった。

「じゃ、ここであたくし失礼させて。さよなら、おやすみなさい」

足早に、折から雨粒を銀色に光らせてそこへ追って来た自動車のヘッドライトの、まぶしい光の河の向うへ横切りながら、由美子はこころの中でつぶやいていた。

(街の人魚は、やっぱり、街の人ごみを泳いで暮らすべきだわ)

芸妓の掟

戸《と》山《やま》一《かず》彦《ひこ》（伝野坂昭如）

女工に光る眼

「章子ちゃん、貴女の手を見せて」

同じ見習工員の赤松恵子にいきなりこう云われたので、北条章子はびっくりした表情で、

「何よ、妙なこと云い出して」

それでも、大道易者に見せるように、両手を陽にかざして見せた。小春日和のあたたかい日差しが十本の指を明るく照らした。

新橋からあまり遠くない三田四国町にある小さな電気工場——たった三十分の昼休みに、貧しい弁当をそそくさ食べ終った女工たちは、わずかな太陽の光を求めて、工場のトタン塀に凭《もた》れながら日なたぼっこをしているのだった。

「貴女の指もひどいわね、やっぱり」

溜息を吐くように恵子が云う。

「仕様がないわ、どうせ女工の指なんて、こんなもんよ」

章子も苦笑しながら同調した。

彼女たちは、この小工場が日本有数の大きなＴＫ電気会社から下請けしてきた自衛隊用の懐中電燈の

部品を組立てているのだった。立ち通しでソケットの固い金属を一日中いじり廻しているので、わずか三月《みつき》の間にもう指先にはタコができ、時には傷口が開いて、そこへ油が染み込んだりして……二人の少女が嘆くのももっともだと思われるほど、節《ふし》くれだったたみにくい指に変形していた。

「これで日給が百五十円じゃあね。……あたし、何処か他所《よそ》のお勤めに変りたい」

「まア、いいところが見つかったの？」

章子が眼を輝かして訊いた。

「いいえ、まだ。でも、そうしたいと前から思ってるの」

「そうねエ、お金はともかく、あたしも、せめてもう少し楽でキレイな仕事をしたいわ」

その時、作業開始のベルが鳴った。ゆっくり心のうちを話し合っている暇もないほど、短い休憩時間だった。

恵子と章子がお喋りをしていたちょうど反対側の物陰で煙草を喫っていた五十がらみの女が、のろのろと起ち上って、二人の後姿を見送っていた。雑役のタマ婆さんだった。

「あの子たちなら、うまくハメられるかも知れない」

松本タマは大きくうなずいた。

その日の夕方……肌寒い秋風が身に泌みるうす暗い街の裏通りを急ぎ足で家路に向った二人は、いつも別れる田町の四つ辻に差しかかる手前で、後ろから呼び止められた。

「恵子さん、章子ちゃん……あんた方はまア足が速いんだねエ。やっと追いついたよ」

「あら、おばさんだったの？」

けげんな顔で二人はタマを見た。

「いえね、あたしお汁粉でも食べようと思ったんだけど……お婆さんが一人でそんな店に入るのは恰好がつかなくってね。ちょうどあんた方を見かけたもんで、一緒に附合って貰おうと思って……ね、いいだろう、あたしがおごるからさ」

口上手に誘われて、二人はタマについて小ぎれいな汁粉屋に入っていった。

ものを一緒に食べるということは、お互いの気持をときほぐしてくれるものである。

「まアまア、可哀そうに、いい若い娘がそんなに荒れた手をして。……それじゃ彼氏もできないよ」

頃合はよしと思ったタマは、そんな冗談口から話の糸口をつけていった。

「あたしの親戚でね、沼津で客商売をしているのがいるんだけど……どうだね、あんた方がその気ならいつでも世話してあげるよ」

本論へ入るのはわけもなかった。少女たちは大いに気を動かしたらしかったが、それでも、オズオズと、訊ねるのだった。

「客商売って云うと？」

「芸者屋なんだよ」

タマはズバリ云って、顔を見合せている二人に、

「芸者すりゃこそお召の着物っていう文句もあるじゃないかね。貴女たちだって、電気工場の組立女工で、安い給料で我慢しながら指をキズだらけにしているよりは、いつもキレイなきものを着て、お客さんと陽気に遊んでいるだけで、たくさんお金が稼げるなんて、ザラにある商売じゃないよ」

「そうねエ」

よくはわからないながらも、無智な少女たちは、まくし立てる婆さんの弁舌に気圧《けお》されていた。

「でも、あたし、何にもできません……」

心配顔でそう云う、タマは手を振って、

「心配ないよ。わるくスレているよりも、初心《うぶ》な素人っぽい娘の方がまじめでいいって、お向うさんも仰有《おっしゃ》っているんだから。……万事はあたしに委せておきなさいよ」

恵子の胸の中を渦が巻いていた。それがようやくしずまって……「どうする?」と云うような顔を章子に向けた時には、

「もうあたし、決心した」

その眼が物語っていた。章子も返事にとまどうようだったが、せっかくのいい話を断ってしまうのも惜しい気がした。

「でも、あたし……」

二人のその様子を眺めていた松本タマが、

「何も今すぐってわけじゃないけど、先方の都合もあるから……そうだね。またあしたのお昼にでも相談しようかね」

仲々ものわかりのいい、親切な小使いのおばさんだった。

芸者の掟

十八才の赤松恵子と十七才の北条章子の二人が、いつものように「工場へ行く」と云って家を出た足で、沼津市一丁目の花街へ向ったのは、それから一週間後だった。

「この娘たちだよ、姐さん。いい玉だろう?」

二人を連れていった松本タマが、品物のように少女たちを女将の前に引き据えた。芸者置屋『やまと家』のお内所《ないしょ》だった。ここまでくればもう否応《いやおう》はない。タマは前借金の計算しかなかった。

「そうだねエ」

かしこまっている二人を値踏みするようにじろじろ眺め廻していた女将の飯塚伸江が、章子の方を二重アゴでしゃくって、

「そっちの娘はいくつになるの?」

「十七だけどね。まア柄が大きいから……」

タマが代って返事をした。十七才では児童保護法に引っかかるのだ。そこは、大柄《おおがら》な章子のことだから、十八才ということで押し通すことができよう、という意味なのである。

「じゃあ」と、女将は鷹揚《おうよう》にうなずいて、カマボコを光らせた指先で器用に煙草を扱いながら、

「ともかく今日は疲れてるだろうから、ゆっくりお休みなさい。二人の部屋は二階に決めといたからね」

寿司を御馳走になってから、少女たちは二階の四畳半へ押し上げられた。今まで何人もの家族と雑魚《ざこ》寝《ね》していた彼女たちのバラック住いとは比較にならない小綺麗《こぎれい》な部屋だった。

「今夜からここで暮すのね、まア素敵!」

「床の間のあるお部屋なんて、うちにはなかったわ」

二人だけになってから、恵子と章子は顔を見合せてニッコリ微笑を交し合った。

階下では女将と周旋人のタマが、お互いに欲の皮を突っ張らして、自分たちの値踏みを示し合っていた。

次の晩、もう二人は見習芸者として、お座敷にかり出されていた。昼間、風呂と美容院で磨き上げられた恵子と章子は、タマ婆さんに云われた通りの美しい着物を着せられて、

「ほオ、見ちがえるくらいキレイになったよ。お前さんたちだって悪い気持じゃないだろう、ええ?」

恩着せがましく云う女将に尻を叩かれ、姐さん芸者の清香に引廻されて、大座敷の宴席へ出たのである。

その料亭『久保松』から仲江のところへ電話がかかって来た。女将のカン高い声で、

「やまと家さん？　女将さんいる？　あぁ、今夜来た妓ね、あの若い妓のうち、ええ、柄の大きい、ちょっとヤブニラミの、可愛い妓だよ。実は油屋さんの、うん、ガソリンで儲けたとか云うターさんが御所望なんですって。その旦那、気が変り易いそうだから、早い方がいいね。明日でもゆっくり話しを……ええ、そのつもりで頼むわね。じゃ……」

仲江は受話器を掛けながらニタリと笑った。今夜の宴席に出たばかりの章子にもう眼をつけた好色旦那がいるのだ。恵子にも間もなく旦那がつくだろう。どちらも水揚げだから、うんとふんだくってやろう。

初めてのお座敷に出て、華やかな贅沢な雰囲気に酔ったような気分になって帰ってきた二人を女将の仲江はやさしく迎えた。

ガラッと変った世界に投げ込まれた二人の少女は、すっかりのぼせ上っていた。

夢の間に数日が経って……ようやくお酌ぐらいは器用にできるようになった花丸の章子に、更《あらた》まった口調で仲江が切り出した。

「花丸さん、今夜はね、旦那と二人きりのお座敷だから、そのつもりでね。いえ、旦那の仰有るようにしていればいいのさ。別にむずかしいことはないよ」

「はい」

素直にうなずいて、花丸は二階の自分の部屋へ戻った。千代丸と呼ばれている恵子が『平凡』を拡げ

てスターの写真を見ていた。顔を上げて、

「何だって、カアさん?」

「あたしに旦那を取れって……」

二人は顔を見合せた。もうそれが何を意味するかぐらいはわかっているのだった。

しばらくして、また花丸がお内所へ入っていった。

花丸が千代丸と相談して出た結論を恐る恐る話し立てるのを終りまで聞かないうちに、仲江は眼尻を釣り上げて叫んだ。

「売春法だって? 何を云ってるんだい。そんな……うちはパンパン屋とはわけがちがうんだからね。格式がちがうんだよ」

煙草を挟んでいる白い指が怒りでブルブルふるえている。

「済みませんでした。カアさん」

あまりにすさまじい仲江の見幕《けんまく》に、初めの決心も何処へやら、花丸は小さくなって引き退るほかはなかった。眉を曇らせて、

「仕方ないわ、あたし、カアさんの云う通りにするわ」

しょんぼり云う花丸に、千代丸も
「まさか、今更こんなところから家へ帰れないしね。お座敷着も借金になってることだし……」

「それに、カアさん。いずれ近々、千代丸にも旦那を取らせるんだって云ってたよ」

「えッ、あたしも……」

二人とも真ッ青な顔をして、手を握り合った……。

「仕方がない」

この諦めの言葉が花柳界のすべての女たちの運命を一方づけて決めてしまう。そして、諦めた女たちは、抱え主の思うがままに、その華やかに装われた肉体を利用されるばかりなのだ。それが芸者というものの悲しい掟でもあった。

金だけの世界

花丸も千代丸も、二万円で処女の貞操を捧げて、手取りの金額は四千円がせいぜいだった。ふつう水揚料の五割は抱え主へ、二割は料亭の待合へのお礼、更に検番手数料に一割取られてしまう。

その一度だけのはずの『水揚げ』が勘定高い伸江と、それに劣らぬ強慾な料亭、待合の主人の手で何度も切り売りされるのだった。一旦こうなると、もう単なる『男の道具』みたいなものだった。

いくら何でも、このお客とは……と思うこともある。老醜《ろうしゅう》を露骨にさらした助平ったらしい爺さんや、酔いどれて酒臭い息が堪まらぬしつこい中年男や……それでも、恵子たちが気に入らぬ素振りでも見せようものなら、お出先きの仲居《なかい》（女中）の眼が意地悪く光る。

「不見転《みずてん》のくせにお高くとまっているんだね。どうせ枕代だけ稼ぐしか、能《のう》がないんじゃないか」

せめて、それならそれでフンダンにお金が入るのならともかく、五の日の勘定日に——帳面を膝の上に開きながら、女将の仲江がねめつけるように云うのだ。

「お前たちはまだ小娘だから、お金を渡すと無駄使いしちまうだろうね」

「いいえ、カアさん——」

「そうに決っているよ。前借もあることだから玉代《ぎょくだい》の一割だけ貸しといてやろう」

前借というのは松本タマが女将から貰っていった金額のことらしい。

「あたしたちは利用されただけなのだ」と今更悔んでも遅かった。

四分六で、食費（移動証明がないからそれだけ余計かかる）はもとより、電話料やアイロン代まで払うから、自分のお小遣いをいくら節約しても貯金なんか一銭もできはしない。結局、衣裳代だけがいつも赤字となった。

それも置屋のカアさんが立替えてくれる代りに、月に五分から一割の利息がちゃんと加算されるのだ。借金が日毎に積っていくわけである。

「とにかく稼がなくちゃ」

そして半年——。

二人の少女にわかったことは、すべて金が世界――六十代、七十代の禿げ爺さんでも、十代の女の子を可愛がることができるようになっているのもお金の力。若いからモテると思うと大ちがいで、金に物云わせる老人連にシテやられてしまう世界だということだった。

陰では、

「あんな助平爺さん、イヤだわ、あたし」

と云っている姐さんでも、都合によっては前言をひるがえして、茶ビン爺さんにからだを委して、ケロリとした顔をしている。頭でフスマを外す取り乱しようで、

「お客さんのお遊びの相手にならないでどうするんだね。それが芸者じゃないか」

たしかにそうにちがいない。花丸も千代丸も、この世界の空気が身に染みてくるにつれて、金の威力というものが、これまで以上にわかってきた。

芸者にモテる型《タイプ》にも、男前によるもの、頭が切れるので好かれるもの、バックの会社によるものなど、いろいろあっても……それも結局は金が長続きさせるわけだ。今いくらモテていると云ったところで、金が切れればそれっきりである。顔や姿は、金があって、その上での話である。だから、若い男がムリ算段して遊んでも面白くない。年老いて若い女性にモテなくなってから、稼ぎ蓄めた金の力で若い女と遊ぶ――それが花柳界というところなのである。

こんな場末の三流地ではもっと極端だ。来る方も不見転買いのつもりなら、客を迎える芸者も転《ころ》び専

門。遊びの格も形式もあったものではない。女将の仲江が自慢するようなところは何処にも見られなかった。

「小便芸者のくせして、ナマ云うんじゃないよ」

章子がお稽古に出して貰いたいというと、仲江はとんでもないという顔をして、あっさりハネつけてしまった。活け花や茶の湯など、お稽古事もできると云っていたタマの言葉を信じて来たのがバカだった、と二人の少女芸者は思うのだった。

「そんなお嬢さんみたいなマネは、借金でも抜いてからにして貰いたいね」

それどころじゃない、と仲江は仲江で腹が立ってならなかった。

飽くなき搾取

『やまと家』の女将としての飯塚仲江の考えはつまりこうだった。

売春防止法の実施下にあって、女を抱えて食っている業態を反省するどころか、

「今のうちにせいぜい稼いどかないと、そのうちこっちにも飛び火するかも知れない」

と、かえって、芸者の搾取を今まで以上にひどくするという典型的な悪質業者であった。

仲江は抱えの妓を集めて、大変な宣言をした。四人の抱えの中には、勿論すっかり芸者じみた花丸も

千代丸もいた。

「一日二千円以上の稼ぎがない時は、罰金を一割取ることにするよ」

驚きが小さい叫びとなって芸者たちの唇から洩れた。それが、しかし、言葉にならなかったのは、仲江がきつい眼つきで一座を睨み据えていたからである。

「イヤとは云わせないからね」

物云わぬ鋭い視線が一人一人の妓たちの胸を突き刺した。みんな、腑に落ちない計算によって背負わされた借金があった。

「ちぇッ、バカにしてやがる！」

二階へ上ると、早速、清香姐さんがイマイマしそうに吐き出した。

「一時間三百円の花代でさ。うまくいって五時間お座敷があったところで、平《ひら》じゃ千五百円がいいとこじゃないかね。二千円だなんて、一体どこから割り出したんだい」

「決ってるわよ。カアさん、あたしたちをウチで寝かせないつもりなんだよ」

自嘲をこめて痛烈に云う芳香姐さんの言葉も、結局は自分たちの上にハネ返ってくるのだった。寂しい沈黙がやってきた。

彼女たちの言葉の通り——仲江は、四人の抱え芸妓をフルに動かして、カゲ（ショートの遊び客相手）になり、キマリ（泊り）なりで、稼ぎまくって貰うつもりなのだ。

「毎晩二階でゴロゴロしているような妓は、山奥のだるま屋へ住み替えてもらうよ」

そんなむごいことまで云い出した。

ちょうど月のさわりがあった花丸が、

「今日はアレなんですけど……カアさん」

仲江の顔色をうかがいながら云い出すと、

「ふうむ。それでお前、せっかくのお座敷をフイにしようって云うの」

大げさに呆れて見せた。それから急にこわい顔付きになって、

「まだ子供だと思って、甘やかしていりゃ、すぐツケ上るんだね。そんなからだの時のほうがかえって変っていて面白い、っていう旦那だっているんだよ。お前さんも一ト工夫してサービスしてごらん。きっと喜んで下さるから」

脅されたりスカされたりして、花丸の章子は泣きたい思いで、カアさんに教えられた通りに、自分のからだを汚さずに客を喜ばせるテクニックを使って、相手をつとめた。

別の料亭の奥の間でカゲのお座敷をつとめた千代丸は、彼女の引き締ったからだが気に入った若い客から、二千円の祝儀を別に貰った。思わぬ心づけだった。黙っていれば彼女の小遣いになったものを、つい嬉しさのあまり、

「カアさん、あたし今夜、特別にお心づけを貰ったのよ」

口をすべらせたのが悪かった。

「そりゃよかったね」と、喜んでくれた伸江が、その舌の根の乾く間もなく、「とにかく、それはあたしが預っとくから」

カゲ代の分合とは別に、お祝儀までせしめられてしまった。そして清算日には、その二千円もちゃんと折半されて千円しか貰えなかった。心づけまでピンハネされて、千代丸の恵子も、いくらからだを削って稼いでも、すこしも自分の身にはつかないことを知って、失望がたかまるばかりだった。

汚れた身体で客の相手をさせられた花丸の絶望感はもっとひどかった。

二人は今度こそ、思い切って『やまと家』を逃げ出そうと決心した。

救われた小鳥

赤松恵子と北条章子は救われた。二人は東京へ逃げ帰ると、家へ帰る前に高輪警察署の門を叩いたのであった。今更家族に合わす顔がないという気持からだったが、それがかえってよい結果になった。

事情を聞いた警察の保護によって、二人の少女は思ったよりスムースに実家へ帰ることができた。警察では二人の陳述に基づいて、直ちに沼津市の芸妓置屋『やまと家』の女将、飯塚伸江（四十才）を児童福祉法並びに勅令第　《ママ》号違反の容疑で、また二人を芸者屋へ売り飛ばした悪女、芝仲門前町三、松本タマ（五十二才）を職安法違反容疑で、夫々《それぞれ》送検した。

こうして無垢な二人の生娘を食いものにした鬼婆の事件は一応カタがついた訳であるが、これに類する事件の被害者となって、まだ救われていない小鳥たちが他にも大勢いるであろうことは容易に想像できる。

それらの女性たちが完全に救われるために、この事件の教えるものは決して小さくはないのである。すなわち――、「前借金は無効」ということは知っていても、長い間自分の身体を削って稼いだ中から、ムリをして買い込んだ衣類やタンスなど、いわば〝私物〟を置屋に残したまま逃げ出すことができない女性がかなりあるようだ。女の未練心――と、それを笑うわけにはいかない。ところが、折りも折り、残してきた荷物の引渡しを要求する「逃げ出した芸者」の「有体動産引渡しの仮処分」が東京地方裁判所で認められた。

この判決例は「前借無効」を一歩も二歩も前進させたものだった。

着のみ着のままで逃げ出してきた赤松恵子も北条章子も、彼女たちが『やまと家』に残してきた身の廻り品などを、無事手許に引取ることができたのである。

花園町

あゝ水銀大軟膏

野《の》坂《さか》昭《あき》如《ゆき》

「一時二十分です」

交番の時計をみにいった成田が駆けもどっていった。「煙でてるか、風呂屋の煙突」俺は窓際の斎藤にたしかめ、彼がうなずくのをみて、おもむろにマッチをすり、鍋の中のまるめた新聞紙に火をつけた。

「夏ならいいんだが、今頃まではカチカチに固まっていて塗りにくい。だから少し暖めるのがコツだ」

俺は割箸で、淡くブルーがかった灰色の、粘土のような軟膏の目いっぱいつまった貝殻をはさみ、やや焔《ほのお》のおとろえるのを待って、火にかざした。軟膏はあっけなく端から溶けはじめ、「要領がわかったら、それぞれ自分のを同じようにやれよ、あんまり長くあぶると熱すぎて火傷《やけど》するぞ」

成田、斎藤、それに高瀬、中島、神妙に俺の注意をきいて、薬局の袋の中から、それぞれ貝殻を出し、化学の実験を行う小学生のように緊張している。

俺は床の間に陣取って、ズボンを脱ぎ、パンツを膝までおろすとどっかとあぐらかき、貝殻の軟膏に人差指をぐいとさしこんで、まず両掌に塗りつけた。

「これくらいでいいか」人一倍向う意気強く、膂力《りょりょく》また衆にすぐれる斎藤が、貝殻をさし出していう。

「ああ、それでこうやって」俺は掌をまず、下腹部の毛に押しつけ、ごしごしこすり、「よーくすりこむんだ、前からうしろ、毛の生えてるところ全部」

一同は床の間の俺にならって、六畳の部屋に各自勝手なむきにしゃがみこみ、ちょいと塗ってはおのが股間と他人のポーズをながめる成田、なにもかもおっぴろげて威風堂々とふにゃふにゃの皮などつまみ、丹念に作業する斎藤、廊下の障子のかげにかくれて行う中島、そして毛深い高瀬は無器用な手つきで、胸毛にまですりこみ、俺はあわてて、「そんなとこはいいんだ、それよりこっち」と尻を叩いて怒鳴った。

「塗り終えたら、なるべく汚れたパンツをはくんだ、どうせ薬が溶けてきたなくなるからな」

どうころんでも質屋じゃうけとらぬランニングに古パンツなら、押入れの中に、どれが誰のやら見分けつかぬまま山の如くある。いや、その中の柄物は、新しがりやの中島のものだが、とにかく都の西北「黒駒荘」の二階六畳に陣取る我等五人の、唯一つの財産はこの下着と、それぞれの座布団だけなのだ。

斎藤と中島は、大学で俺の同級生、といっても教室で机を隣合わせ知りあったという仲ではない。去年の夏、下宿を追い出された俺が学校の近くの周旋屋の前で、どこか前金なしのアパートはないものかと探していると、黒の背広に草色のネクタイをした背の高い男が、「どうすか、家一軒持たねすか、毎月家賃払うなあバカ臭えすよ」と声をかけ、古いワイシャツにズボン下駄ばきの俺のどこをみこんでとあきれるのもかまわず、「一万円、一万円でバンとした一軒家が建ちます。場所は戸山で、学習院女子部と隣合わせ」そしてニタッと人の好さと助平の色合い四分六にまじった笑い顔をみせた。昭和二十七年、東京の学生アパートは、ガ水便共用で一畳八百円の家賃が相場、どう考えたってこの話は信じられぬ。

「前金五千円、それで材料買って、二日で建つ。入る時に残金くれりゃいいす。電気も便所もある、水道は今のとこ近くの学校へもらいに行くんだが、近くこれも解決の予定す」

俺が前の下宿を追い出されたというより居たたまれなくなったのは、早慶戦の夜、酔っ払ってそこの肥った女中に夜這いをし、失敗して騒がれたからで、翌朝、「頼むよ、俺はさびしいんだ」など、その際の口説きを想いかえすと、体が二つ折れになるほど恥かしく、体一つでとび出したのだが、置きっぱなしの荷物をとってきて売れば五千円にはなろう。一万円で家が建つという現実ばなれした話に、こうすんなり乗れたのは、それまで二ヵ月と同じ下宿アパートにいられず、というのもすべて酒と女のせいなのだが、いい加減ひっこしに飽きていたためでもあるし、そしてなにより男の人なつっこい態度にもよる。これが斎藤であった。

斎藤の言葉は嘘ではなかった。戸山ケ原の、関東財務局所有地と看板の立った空地に、流れ者の大工が勝手にバラックをおっ建てていて、彼はその一軒に住み、かたわらそのセールスマンをしていたのだ。

「あの肥った女中さんあんたに惚れておったらしいすな、ぼくにしきりと、あんたの住所をきいて、連絡してくれと頼んでましたよ」照れくさいから、荷物の引き取りを斎藤に頼み、彼は心よく引きうけて布団袋に一切合財つめこみ、それを軽々とかつぎ出してくれ、中身といっても布団、鍋、釜、電気スタンド、下着、どてら、売り払って三千五百円をバラックの手付けとして渡すと、彼はこういって下手なウインクをした。話しあってみれば、どちらも教室に出ないからわからなかったのだが同級生で、「なーに、残金はいつだっていいんだす、あの大工ごたごたいいやがったらぶっとばしてやる」と斎藤は太い腕をピシャピシャたたき、バラックへ入るまでは入間川《いるま》のジョンソン基地の飯場にいたというその体軀、まことに頼もしくみえたものだ。

「本当に効くのかねえこれ、ああ気持わるいねえ」

押入れのパンツの中から、柄物をえらんでは陽にかざして汚れ具合を調べていた中島が、ようやく元は赤と白の、今は黒とねずみの縞にかわったのをはき、シケモクくゆらせながらいう。

「かつてチャーチルが肺炎にかかって、まさに死に瀕《ひん》した時、これを救ったのが発見されたばかりのペニシリンだ。当時の医者はこの時、劇的効果という言葉を使ったけど、毛虱《けじらみ》における水銀軟膏も、まさに劇的効果という言葉がぴったり当てはまるな」俺のお袋は看護婦をしているから、薬のことには詳しい。いや、もちろん、水銀軟膏の正しい使用法やら適応症について教えてくれたことはないが、とにかく医学用語は人より知っている。

「ふーん、劇的効果、ドラマチックなんですかねえ」

半信半疑の態《てい》で中島がいったが、彼と知り合ったのも、あのバラックであった。

約束通り二日で三畳一間の小屋が建ち、残金は月賦ということで入ったのだが、これは西瓜《すいか》泥棒の番小屋よりひどいもので、節穴だらけの板を四角に打ちつけただけ、窓も天井もなく、畳は切腹の座の如く裏がえしに敷いてあって、ここに俺はただ一つの財産である座布団をポンと置き、寝ても起きても、これが体のよりどころであった。畳についていたらしく、夜になるとおびただしい蚤《のみ》があらわれ、耳をすますと、その脚音がザワザワときこえた。

ある日、俺が小屋へ戻ると斎藤と、彼に劣らぬ大男がいて、斎藤は俺に、「同級生の中島だ」と紹介し、こっちが挨拶したのに、その大男はしかめ面をしたまま横柄《おうへい》に「ああ」とだけいい、と、たちまち立ち上って表へ足早に去った。

「なんだ、あいつ」俺がむかっ腹たてると、斎藤は、「いやあ、彼、今浣腸《かんちょう》をしたんすな、それでもう我慢できなくなって」アハハと笑う。俺は事情をのみこめなかったが、話をきくと、これだけはどうにも売ることができず、といって捨てるにも忍びなかった俺の薬箱、お袋が、上京に際して胃薬やら服薬、風邪薬《かぜ》、ヨーチン、アスピリンなど一式を箱につめてもたせてくれ、他の薬はなくなったが、「お通じに気をつけなよ、便秘は体によくないから、少し出ないと思ったらすぐこれを」といっていたイチジク浣腸だけは五つばかり残っていて、それを中島がこころみたのだそうだ。

「奴はフンづまりなのか」

「いやあそうでもないんだろうが、なにしろ奴もなんにもすることがない。ここんとこ一週間ばかり下宿にぼんやりしていて、あまり退屈だからと、俺のところへやって来たけど、俺も金はない。あんたのことしゃべってるうちに浣腸の話になって、そんなら退屈しのぎに一つ浣腸してみるかとなったす」

やがて戻ってきた中島は、いっこうにおもしろくもなさそうな顔で、「失礼しました。お母様のお心づかいのものを無断で使わしていただいてごめんなさい」といやに改っていった。「いやあ、よかったらもっとやって下さい」俺もつられて妙なことをいったが、奴は真面目に、「もう沢山です、フーッ」と溜息をつき、「ここの便所はおそろしいねえ、どうなることかと思った」とぼやく。

初めて入ればたしかにあの便所は脚がすくむ。地面に穴を掘り、その上に二枚の板を渡して周囲をかこっただけなのだが、この穴がとてつもなく深いのである。たしかに大便が落下したはずだと思っても、それがポチャンと音をたてるまでに数秒はかかって、その間がなんとも不安な気持であり、便所というものは、やはりウンと気張り、間をおかずにバシッとはねかえってこそ排泄のたのしみ、実感も生れるとよくわかるのだが、問題はそれよりも、底に到達するまでにそれほど時間がかかるというその深さ、その深い穴の上に危っかしく乗っている自分、そして万一おっこちた時のむごたらしさ、これ等が、どのようにニュートンの法則について無知な者でも、一瞬にして脳裡にひらめきうずまき、となると、誰だってしゃがんだままの形で後じさりして、板の上から母なる大地へと体を移す。

「なれりゃどうってこともないすよ、ねえ」斎藤の口調から、ははあ、これは中島にも家を建てさせようという魂胆かとわかり、俺も、「そう、お婆さんだって平気でやってるよ、ふつうの運動神経さえありゃできるよ」というと、中島はいたく自尊心を傷つけられたようで、「運動神経ね、まあぼくはこれでも、愛知県代表で国体の相撲にでたこともあるんだけどね」結局、彼は、自分の運動神経を証明するために、バラックを買う破目となった。

「もう二時になったんじゃないか。俺は皮膚が弱いんだ。かぶれたりしたらどうにもならん」中島がそわそわという。水銀軟膏はつけてから三十分で洗わないと、その部分が赤く腫《は》れ上る。だから、銭湯のはじまる三十分前を期して行動に移ったわけだが、どうも文句の多い彼が小癪《こしゃく》にさわって、「これで風呂が休みだったりしたらひでえことになるぞ」と、わざとおどかすと、案の定あわてて、「だからいやだっていったんだ、ねえ、DDTでやっておけばまちがいないんだよ、こういうことなら、少しとっておけばよかったなあ」

「冗談じゃない、あれはインチキじゃないすか、あんたが大体つくったのに、効くわけないじゃないすか」

斎藤が笑っていった。俺達はつい二週間ばかり前までDDT売りをしていて、これがたいへんなガセネタ。石灰一かますに、蚤取粉をほんの少しまぜ、これはどこできいてきたのか中島が、「まるっきりの石灰をDDTとして売れば詐欺《さぎ》だが、少しでも真物《ほんもの》が混じっていれば、判定はむつかしくなる」という説に従ったもの。どっちにしてもそのシロモノを、袋に入れて家庭を訪問し、玄関へ入るなり、「DDTを持ってきました。お宅様は畳数いくつですか」と高飛車に質問し、かりに三十畳と答えれば、「では六畳にいっぱいとして五はい、なにか紙袋を出して下さい」そして手順よく用意のカップでパッパとブツを入れる。占領軍がきれい好きであることはよく知られているし、まず畳数を訊ねるあたりいくらか科学的な感じもするし、応対した者は、こちらの押しつけがましい態度にお役所の臭いをかぎとり、てっきりGHQの指示による配給とうけとる。そこへ間髪入れず、「いっぱいにつき実費三十円いただきます」とやれば、只かと思っていた女房達、たちまち失望の色をみせるが、それでも三軒に一軒は金を出し、元手はいっぱいについて三円くらいのものだから、これは儲かった。もっとも、原料の石灰を担いで運ぶところをお巡りに見とがめられ、お巡りは闇米と思ったらしいが、中身が石灰と知ると、今度は何にすると追及され、誰も石灰の本来あるべき使い方など知らないからしどろもどろとなって冷汗をかき、以後は足を洗った。

そのインチキＤＤＴを、うっかり自分で真物と錯覚するくらいだから、中島のあわてぶりは相当なものだ。

「では行くか、風呂に他の客がいると具合わるいからな、あいてなきゃ表で待っててりゃいい。替えのパンツ忘れるなよ」

ふだん、まったく我々は洗濯しなかったのだが、この毛虱せん滅の後ぐらい、きれいなパンツをはいて身も心も清々《すがすが》しくなろうと、それぞれ一枚だけ洗って、用意していたのだ。

五人の仲間の中で、いちばんはじめにかゆがりはじめたのは、一年下の成田である。彼は斎藤の中学の後輩で、斎藤は故郷にある時秀才の誉れいと高かったらしい。その先輩が学業ほったらかしでバラックのセールスをしているとは露知らず、成田は上京にあたってたよりとし、戸山ケ原の小屋にあらわれた。

俺や斎藤、中島からみると、当時の成田は貴族の如くであった。ふっくらと綿の入った布団、しかも敷きが二枚もある。本箱、机、辞書、書籍、切手のコレクション、背広、オーバー、靴、コーヒー沸かし、缶詰、白米一斗etc。まったく宝島がころがりこんだようなもので、たちまち斎藤は、「下宿を探すといってもすぐにはないから、まあここで当分生活すればいいす」と成田を確保し、一月後、原宿の切手屋に、その小学校の時から集めたというコレクションを千三百円で売ったのを最後に、彼もまた俺達と同じ座布団一枚がたよりの境遇となっていた。そして成田は、当座はなんとなく放蕩《ほうとう》無頼のきれっぱし味わったつもりで、結構よろこんでいたのだが、日が経つにつれ、やはりまんまと喰物にされたうっぷんが生じ、といって先輩にたてつくわけにもいかず、今度は自分が、布団、辞書つきのお大尽をひっぱりこんできて、これが高瀬であった。

三畳一間の部屋に、斎藤と成田が住み、俺と中島の小屋に高瀬は交互に泊っていたが、さすがに窮屈で、いっそここを売って部屋を借りようと、入ってから半年目、もうその頃になるとバラックは数十軒に増え、満タンになると土をかぶせて埋めた便所跡も十いくつになり、当初一万の売り値が二万にはね上っていた。俺の小屋は易者、斎藤は屋台のおでん屋、中島はビルの窓ふき夫婦にそれぞれ売れ、入った金で「黒駒荘」へ引っ越ししたのである。

「インキンかなあ、あったまってくるとかゆくて、かゆくて」

右で麻雀のパイをつもりながら、左で下腹部をボリボリかきつづける成田に、「インキンというのは睾丸にできるんだがね、あんたのは場所が少しちがいはしないかな」と、かつて相撲部にいて、インキンについてはベテランの中島がいった。蚤にくわれたんだろう、性病の一種ではないか、風呂でよく洗えばいい、メンソレをつけたらどうかなど、かゆがるたびにわれわれは無責任なことをいっていたが、成田におくれること四日にして、俺にうつった。いや、うつったというのは正確ではない、発病したというか、まったく突然に、矢も楯《たて》もたまらぬかゆさが、俺の下腹部に、竜巻の如く発生したのだ。

俺は、研究心旺盛だから、電燈のコードを低く下げて、いったい何事が起ったのかと現場をくわしく調べてみた。終戦前後、虱、蚤、ダニ、疥癬《かいせん》、たいていのかゆさをもたらす奴とはつきあったが、このたびのものは、そのいずれとも異っている。毛が邪魔になって掻きむしれないせいもあるが、いくら爪をたてても、かゆさの源《みなもと》はもっと体の奥底深くに存在していて、俺の掻きむしりをあざ笑っているような、しかも、掻くうちにその部分がぽうっと熱をおび、一種の快感をさえともなう。

中島はこれを、精液かぶれであろうと断定した。彼は妙なことに几帳面な男で、女を買った時、必ず後始末を自分でする。こういうことはやはり自分でしないと目の届かないものであり、なすべきことをなして、早く追出したい娼婦にまかせたら、残りがどこかに付着し、そして名前の通り精液は精が強いから皮膚を荒すというのである。その中島が、俺におくれること三日で、発病した。

斎藤は虫説であって、あの汚れた下着の中から発生した特殊な毒虫が、下着の臭いを慕って各自のパンツにうつったのだという。ではパンツを処分しようとなったが、そういわれると、押入れの下側半分に積まれたそのかたまりが怖ろしくみえて、うっかり手をふれると、パタパタと奇怪な毒蛾とび立ちそうで、誰も近寄らずただ襖をきちんと閉めておくにとどめる。

成田の発病から半月のうちに、全員が同じ症状を呈し、我々はこれをカイカイ病と称した。鉛筆、万年筆の先き、フォーク、マッチの先きで掻き、さらにはほどよく熱をもった電球をそこに押し当てるなど、各自熱心にその対策を研究し、成果を発表したものだ。

そしてついに、いちばんもっさりしている高瀬が真相を発見した。その日俺は、親戚に米を借りにいき、というのも、黒駒荘周辺一帯の米屋、そば屋、肉屋、パン屋、魚屋すべてにツケが溜って、しかも金は一文もなく、朝起きると東京の地図をひろげ、各区別にどんな廻りくどい縁でもいいから知ってる人間はいないか、いたら金でも空気銃でも、とにかく借りてこいと、作戦会議をひらき、たかが三斤のパンをもらいに、千歳烏山《ちとせからすやま》の、高瀬のお婆さんの妹の息子の嫁の実家というパン屋までも歩いてでかけたのだが、俺もフト小学校の友達が、二年の時に東京へ転校し、その親父の名前が左門太郎という変った名前だったのを思い出して電話帳を調べると、世田谷上馬《かみうま》に住んでいて、電話をかけると向うも覚えていて、一度はなんとなく遊びに出かけ、晩飯を稼ぎ、二度目は斎藤をともなってお裾分けにあずからせ、さて三度目は、コンパをやるとかなんとかいって米を二升借りる算段。二升あれば、一袋十円のまびき菜を混ぜ、おじやにして食べると、五人で三日はもつ。

しかし、米を借りるというのは屈辱的な経験である。俺が玄関を入ると、出てきたのはそこの婆さんで、顔をみるなり、「ああ」といい、前もって電話をかけておいたから、すでに新聞に紐でしばった米の包みができていて、ひょいとこちらに手渡し、「秀雄は、大学で法学をやるからおそくなるってましたよ」と、知ったかぶりのことをいいやがる。いかにも、こんな屑とはつきあわせられぬといった感じなのだ。金なら、相当な皮肉をいわれても平気だが、どうも米はいかにも物乞い風でみじめになる。

俺が餌をくわえた親鳥のように部屋へもどると、一同が珍妙な恰好でいた。下半身をあらわにし、臍《へそ》に顎をうめて、一心不乱に股間をみつめ、マッチの棒を時計の分解掃除の如く、慎重にあやつっているのだ。

「あ、背骨が痛くなったなあ」成田が体をのばし、俺をみつけると、「おかえんなさい」といい、その声に斎藤も面をあげて、「俺のいった通りす、虫だ、虫だ」うれしそうに怒鳴る。なんでも成田と高瀬が、コイコイをしている時、不意に高瀬が不得要領な顔つきでズボンから手を抜き出し、指先きになにかをつまんでいて、「なんだ、こりゃ」と、殆んど皮膚と見分けのつかぬ小さなかけらを、じっと眺め、それが垢でも脂肪でもなく、カニのように脚をもった虫、しかもその脚がちらちらと動いているとわかった時、高瀬はヒッとさけんで、夢中になってその虫を放りなげたという。

「ぼくも調べたら、すぐにはみつかんなかったけど、もう十四以上つかまえた」

中島がさし出した紙の上に、点々と虫の残骸があって、そうするうちにも高瀬が一匹を毛中からゴボウ抜きにとり出し、うれしそうにつぶす。

俺はハタと真相がわかった。この虫のことについて、俺はかつて聞いたことがある。中学生の頃、床屋の職人が女郎買いの自慢話をきかせ、その中に、たしか毛虱というのがあった。下腹部にしか寄生せず、悪い遊びによってのみうつる、放っておくと毛虱が瞼《まぶた》にまでのぼり、そうなるとたかられた者は全身衰弱で死んでしまう、職人は両腕を曲げ、掌を肩のあたりで羽根のように振って、「こんな具合にうごいているんだねえ」といった。

俺は虱というからには、すぐ眼にみえるものかと考えていた、だから、カイカイ病が毛虱のなせるわざとは、思いもよらなかったのだ。俺は瞼が気になって指でそっと調べ、異常のないことを確かめてから、おもむろに一同に説明してやった。

「へえ、すると赤線でうつされたのか、僕はずい分あそんだけど、今まで一度も悪い病気にかかったことがなくて、運がいいはずなんだけどなあ、よりによってこんな毛虱なんか」

中島がぼやき、斎藤は、「これが毛虱か、きいたことあるす、なんでも毛をそってツルツルパッタリにすりゃいいそうすな」

「そる？　そんな無茶な、風呂へもいかれなくなるじゃないすか」

成田がびっくりしていった。それも道理で、昼間の我々の楽しみといえば、まず銭湯に入ることなのだ。五人の風呂銭七十五円くらいなら、学校へ行って顔見知りに借りられたし、同じアパートの人間の傘を質屋へもっていっても都合できた。二時になるのを待ちかねて、やけに白っぽい感じの洗い場、午後の陽光がさんさんとさしこむ中で、他の客といえば七十近くの老人ばかり、ひっそり湯につかっていると、しみじみ懶惰《らんだ》な生活を反省する気が起って、中島などはすぐに、「これではいけないと思う、明日から全員で新生活運動をやろうではありませんか。五時起床、町内一周ランニング、廊下のふき掃除、そして学校へ行く」しみじみといった。

もちろん実行はしない、そもそも彼にはこういう癖があって、奨学金をもらうと、必ず一度はラルースの辞書とか、フランスの原書を買い、それを三時間としないうちに古本屋へ売って、後はだらだらとだらしなく使う、それ位なら本を買わなきゃよさそうなものだが、とにかく奨学金をストレートに女買いにむけることは、彼の良心がゆるさないようなのだ。

「高瀬、お前、一度そったことがあるだろう、本当に直るかどうか、やってみろよ」

俺が命令したが、彼もしぶる。高瀬はかつてあまりの所在なさに、風呂で下腹部だけを残し、あらゆる体毛をそりおとしたことがあった。もともと色白で丸い体つきだったから、一本の余分な毛もなくなると、まことに女っぽくなり、後姿などついムラムラとするほどなまめいてみえた。

「そんなこといって、あの時、ケツのケバまでそったでしょ、後で生えてくる時、痛くてな、あれ。チクリチクリとして、歩きづらいすよ」

そこで俺は、お袋の言葉を思い出した。

「病気にかかったら、すぐお医者様にみせなさい。我慢するのはバカですよ」医者というのもオーバーだから、これは薬局に相談するに限る。

「毛虱にたかられたんだけど、薬ない?」近くの薬屋に、他に客のないことを確かめてから俺は入って、たずねた。

主人は返事もせず、横の戸棚から蛤《はまぐり》を出してケースの上に置き、「三十円」という。蛤の容器から俺は、子供の頃つけた腫れ物の「吸い出し」を連想し、「これで何回分?」ときくと、相変らず無表情に、「一回分、すりつけてから三十分で洗わないとかぶれますよ」

五人分百五十円の金は、しぶる質屋を説きふせて、中島の蚊帳《かや》で都合した。この蚊帳は裾から一米位の高さまで無数の穴があいていて、よほど釣手を長く延ばし、畳にその天井がつくほど低く張らなければ、役に立たないのだが、質屋はそれには気づかぬ。「下宿のそばに池があり、夏になったらもの凄い蚊で、だから必ず出す」という弁舌がきいたのである。

風呂は三分ほどの近くで、そこの途中にジャズ学校があった。手ぬぐいも石鹸も番台に借りるのが習慣だから、五人それぞれパンツ一つぶら下げて歩くうち、そこの生徒と行きあい、赤や黄色や色とりどりの派手やかな服装の男女にくらべて、こちらはいかにもみすぼらしく、ふだんなら威勢のいい斎藤もこそこそとすれちがったのは、やはり毛虱の負い目があったからだろう。

五分ばかり待たされて風呂屋の玄関があき、われ先きに服を脱ぐと、他に客のないのを幸いに、そのままズブリと湯槽に身を沈める。各人いいあわせたように、湯に浮かぶ顔は無表情ながら、両手でせわしく下腹部のあたりをかきむしり、やがてやはり油が混っていたのだろう、湯の表面に七色の膜と、よくみればまぎれもない毛虱の死体がいくつとなくあらわれ、そして毛穴の一本一本に熱い湯がチーッとしみわたり、それは背骨をはい上り、後頭部をしびれさせる異様な感覚であった。

「うーん、こりゃ効いたようすなア」

「手っとり早く洗って上っちまおう。他の客が来るとまずいぜ」

「なーに気づきゃしないすよ。ああ、いい気持だなあ」

斎藤の言葉をうけて中島も、「インキンの皮をむくのも、ちょいとしびれるような感じだけど、毛虱退治も楽しいねえ、ヒッヒッヒッ」と笑う、殻から脱出した蟬のごとくに、あたらしい世界がひらけ、まさにドラマチックな効果を、水銀軟膏はみせたのである。

「おいみんな、覚えている限りの、赤線で遊んだ女の名前を書いてくれ」

久し振りでカイカイから解放され、しかも洗いたてのパンツをはいて、清々しい一同に俺はいった。

「なにするんす?」

「なにって決ってるだろ、毛虱は女を抱かなきゃうつらないんだ、ところがこの五人には集団で発生した。ということはだ――」

そう何人も毛虱を飼っている娼婦がいるとも思えない。我々がそれと知らずに一人の毛虱女を、重複して抱いたから、皆にうつってしまったのである。だから、各人の、抱いた女の名前を調べ、五人全部共通する女があれば、それが怪しい。そして以後は、その女を警戒するべきであろう。

一同は俺の提案に同意し、紙にむかった。

この部屋の連中の、童貞を失なわせたのは俺である。郷里ですでに女を知っていた俺は、上京してからも、いわば赤線中毒のような状態となって、お袋からの送金はもとより、身のまわりの一切合財を入質し、売り払い、二丁目、花園に入れあげた。そして知り合う者が童貞とわかると、俺は執念のようにして、その男を赤線にともなった。斎藤は豪の者であった。戸山ケ原のバラックに入ってしばらくして、俺は親戚の犬三匹猫一匹風呂に入れた礼に千円をもらい、彼を強引に花園へさそったのだが終ったら、喫茶店で待ちあわせると約束して、同じ店に上り、どうせ三百円のショートタイム、二、三十分ですむはずが一時間以上かかって、「いやあ、アザラシ級だって、女の人に賞められたす」と、至極満足そうで、俺は完全に喰われた。

中島は逆に、はじめ三回は不能で、俺が女の部屋を出て玄関へいくと、そこに黒くうずくまった影があり、表を通る車のライトに照らされた横顔をみると彼で、「ぼくはいいんだ、ぼくの感受性が拒否するんだ、やっぱりねえ、お金でなんか」と負け惜しみをいい、それでも、女を買いに出かける俺と斎藤をみれば、取残された寂しさに襲われるらしく、必死に努力して、四回目にようやく男となった。そして感激のあまり、彼はその娼婦にラブレターを送り、「あなたのその牛のようにゆたかな乳房、馬のようにしなやかな動き」と讃美したが、果して喜んでもらえたかどうかはつまびらかでない。

この三人と、後で加わった二人は、文字通り赤線に生甲斐を見出していた。朝起きると、今夜はどういう方法により、女を抱こうかとまず考える。インチキDDTを考え出したのも、地図によって借金先きを整理したのも、女を買う金欲しさからであった。犬の洗濯、マキ割りの広告を電柱に貼り、同じアパートの学生に頼まれて、よその大学へ試験の替え玉となったこともある。いくら学校へ出てないとはいっても、仏文科の三年でベーゼをバイサーと英語風に発音する奴よりは、いくらか増しだったとみえて、良で単位をとり、礼として中島は五千円をもらった。調子にのって彼は、「英独仏ならいつでも」といったが、その後、注文はない。

五人それぞれ家から一万円前後の送金があり、誰かのもとに金がとどくと、平等に分配して、その夜は新宿西口で残飯の煮込みを食べ、梅割り焼酎をあおって、二丁目へくりこむ、二丁目は花園より三割方高いから、これがささやかな贅沢であった。もっとも三月ばかり前、高瀬にあてた書留の、同封の手紙に、「父はこのたび破産しました。いつまで送金できるかわかりませんが、勉学は必死になって続けて下さい」とあり、一同シュンとしたが、この場合とて例外ではなかったのだ。

「レダのひとみ、白鳥のナナ、こずえの玲子、きよしの節子、ロマンスの悦子に時子、白玉の恵子——」

俺がまずリストを発表した。各人、抱いた覚えのある女がいたら手を上げる。順番にこれをくりかえせば、ある時、全員一致して手を上げる。もしくは四人までが重複している女があらわれたら、それがすなわち毛虱の元凶と考えられるのだ。

だがこの作業は、思ったより難航した、というのも、みんなが少しでも自分の女の数の多いことを競いあうのと、同じ店の場合、ひとみだかまゆみだか、顔と名前が一致しないためでもあった。

「ナナっていうのは、ほっぺたのすべすべした、フランス人形みたいな女すか」

「フランス人形はオーバーだよ、ちょっとかわいい顔だけど」

「じゃそうだ、ゲーテの詩集なんか置いてあって、文学少女でしょ」

「そうかなあ、体はよかったけどねえ」

「さいこうにサービスよかったすな、体中なめてくれたすな、ナナちゃんは」

斎藤がもっともうるさく、舌なめずりしながら、読み上げる女すべて知っているふりをした。彼の女好きは激しく、かつて新宿でやくざと喧嘩をし、右腕と首を刺されて入院した時も、おとしまえつけにきたその加害者の親分をさんざんに脅かし、治療費をふんだんにまき上げ、包帯にまかれて斜めに曲ったその首のままで、吉原《よしわら》に遊んだことがある。

「首っ玉かじりつこうとすっから、容易じゃなかったす」と、翌朝病院へもどってケロッといった。

中島はまた、自分の女が人と重複していると不満そうだった。「へえ、高瀬がポエームのさつきさんと、本当かねえ。どうだった？　さつきさんは」

「二十四、五で色の浅黒い人でしょ、わりにやさしくて、ぼくが酔っ払って長くかかったら途中で、ゴムをあたらしいのと、とりかえてくれましたすな」

「へーえ、そんなに長くかかったの、かわいそうにねえ、さつきさんも」

中島の好みは、とにかくでかい女であって、二言目には、「どうしてあんないい人が、ああいう商売をするのかなあ」と長歎息する。

俺も、おびただしい女の名前をあらためて想い出せば、その中で殊更鮮明に印象に残る何人かの娼婦がいる。横腹をくすぐると、身をよじりながら、「そういうことは、奥さんにしたげることよ」といった娼婦、その下腹部にくちづけすれば、あえぎつつ誰とも知れぬ男の名前をさけんだ女、金が足りなくて、人に借りた毛糸のももひきを、「これは郷里を出る時、お袋がもたせてくれたんだ。俺のために編んでくれたももひきだから、絶対に金をもってとりにくる。だから足りない分はこれをカタにして、なんとか頼む」と交渉し、首尾よくまとまって、その帰りぎわに、「いいから持っていきなさい、お袋さんの罰があたるわよ」と、そのまま返してくれたレダのひとみ、ワイシャツをカタにおき、翌日とりに行ったら、きちんと洗濯しアイロンまでかけてくれてた白玉の恵子、たった三日だけ花園にいた、名も知れぬ絶世の美女、五十四歳には五十四歳のいいところがあると、女のかわりをつとめて、行為の最中ねむりこんでしまった青林のやり手婆さん。ほとんど毎夜、赤線をさまよい、もちろん金のない時の方が多かったから、その時は靴でも学生服でも、なんでもいいからカタにおいて女を抱き、ひたすら思うことは、ああ十万円をふところにして、二丁目のハシゴ居続けはどんなにすばらしいか。何時の日かやってやる――。

三時間ばかり談合の末、ようやく元凶がつきとめられた。花園町「井筒《いづつ》」の女たまえである。俺も、斎藤、中島も忘れていたのだが、成田がフトつぶやくように、「井筒にいる女、なんといったすかなあ」

といい、とたんに中島が、「たまえさん、俺いったことがある」とさけび、中島が抱くくらいなら大柄の女と考えて、俺も思い当る。眼鼻立ちのはっきりした白い肌なので、売れっ子らしく、俺が上った時、シーツに先客のしみが歴然とあって、彼女はそれをあわててかくしながら、とってつけたような笑いをうかべてみせた。

斎藤はしつこく身体的特徴をたしかめた末、抱いたことを認め、高瀬もうなずいた。それまで三人が重複した女が一人いただけ、それ以上はこのたまえがはじめてである。

紙にたまえとあらためて書いたのを眺めながら、「女はかゆくないんすか」と斎藤、「いや客のない時は、ぼりぼりやってるのさ、知らないんだよ彼女は、娼婦のようななりわいをすると、こういう具合になるんだと、あきらめているんじゃないかなあ」と中島。

「それなら教えてやりましょう、水銀軟膏という薬をつけて、お風呂に入ればいいすって」成田がいい、もの好きだとは思ったが、俺もこの考えに賛成した。

「彼女の客がうちそろってあらわれ、水銀軟膏をプレゼントして、どうかこれで毛虱を退治して下さい。そして後顧《こうこ》のうれいなく、またあそばして下さいというのはどうだ。こりゃいきなものだぜ」「なるほど、感激してただで上げてくれるかも知れないすな」「ぼくたちが、まるで傷ついた母猿の傷口をなめる子猿のように、丹念にやさしく、軟膏をすりこんであげるなんてのもいいねえ」

衆議一決して、丁度、頃よくあたりは夕暮れ、かまうこたあないから下駄箱の靴無断でもってちまえと、半張りしてないものをえらんで質屋へもちこみ、一足三百円で入れて、念のため水銀軟膏を二つ買いこみ、花園町へたどりつくと、すでに七時。宵の口から、お祭りのような人出で、女達のやかましく呼び立てる中を、今は「井筒」のたまえさん一途におもむく。

だが、彼女は運悪く客が上っていて、となると五人もの人数、玄関で待つわけにもいかず、むやみに長く思える時間を、今度は冷やかしとみてか口汚なくののしる女の間さまよい、ようやく姿をみせたたまえさんに、まず俺が近づいた。

「お話してよ。いいでしょ」彼女は俺の顔など忘れていて、ましてやこちらの意図は露知らず、艶然と笑って手招きする。

「ちょっとお話があるんですけど」

「わかってるわよ、お入りになって、中でお話しましょうよ、ねえ」

たまえはますます頬すり寄せ、かくてはならじと俺は貝の容器を一つさし出して、「これをプレゼントします」「プレゼント？　なにかしら」「水銀軟膏という薬です。ケ、毛虱に劇的効果を発揮してたちまち退治します」たまえはキョトンとしているから、俺は仲間をよんで、「ぼく達みんな前にたまえさんと遊んだことがあるんです。そしてみんな毛虱にたかられました。ということはつまりたまえさんにもたかっていて、たまえさんはきっとその毛虱に気づかないでいるんだろうから、あの、これをこう塗って、堅かったら少し電熱器であぶると」

ただでさえ昏《くら》い場所なのだから、俺がたまえの表情の変化に気づかないのも無理はないが、突如として、すごい声が返ってきた。

「なんだって、あたいにチイチイがたかってるって、ふざけんじゃないよ、このくそ餓鬼、人の商売にけちつける気かい。生意気な面しやがって、さっさと出ていきやがれ」

けたたましく怒鳴ったから、たちまち人だかりがする、地廻りらしい男の声もきこえる、一同呆然としているうちに、「なんだよお前達、話があるんならきこうじゃないか」と俺の腕をとる奴がいて、みるとソフトをかぶったみるからにやくざ、「逃げろ」とさけんで俺は人混みをかきわけ、眼のはしに斎藤のやくざぶんなぐる姿が入ったが、後はもう一目散。

黒駒荘へ戻ったのは俺が二番目で、トップは中島、「あなたはいい方がまずいよ、なんですあれは、あれじゃ怒りますよ」というから、俺もむかっ腹が立って、「じゃなんていえばいい、だまって水銀軟膏をにぎらせてくるのかい」「やっぱり客としてあがって、さりげなくこう」と、彼は手ですりこむジェスチュアをしたが、冗談じゃない、そのまま風呂に入らなければかぶれちまって、それこそ花園一帯は歩けなくなる。

斎藤も無事にかえり、はじめの意気込みがさかんだっただけに、一同すっかり気がめいって、じゃ寝るかといっても、座布団をおのおの敷き、ごろんと横になって上に新聞をかけるだけ。

ジャズ学校は夜になってもさわがしく、トランペットの響きや、カタカタとせわしいドラムのスティックの音がすぐ耳もとにあるようにきこえ、もちろん眼は冴えかえっている。

「あ、股倉がスウスウするなあ」

成田がしみじみといい、いわれてみると、俺も昨日までの、あの地熱のように体の芯から吹き上げたかゆさが、ふとなつかしい。

「当分、花園へはいかれないすな、俺、やくざを三人のしてきたからなあ」

「あのたまえさんというのは、本当に毛虱をもってなかったのかしら」

「もってたさ、もってたからあんなに怒ったんだよ」

「これからまた、毛虱もった女にあえるすかなあ」

「さあ、俺は赤線へ通って五年目になるけどはじめてだからな」

「惜しいことしたなあ、だまって、時々たまえさんのところで、毛虱もらってくりゃよかったんだ」

いつしか五人、それぞれの下腹部の毛をごしごしこすり、あの失なわれてしまった感覚を心底いとおしみ、毛虱と共に、体の中のなにかがふっと失なわれてしまったようで、

「これを機会に、明日から新生活運動をやりませんか、いつも口ばっかりだったけど、今度こそ、生活をたて直して――」

中島の声を夢うつつにききながら、俺はたまえのそこにびっしり張りついた毛虱がいっせいにもぞもぞとはいずりうごめく風景を思い浮べ、ぬめるような六月の夜の闇の中に、溶けこんでいった。

雄琴トルコ・ボーイ体験ドキュメント

風《かざ》戸《と》 遊《ゆう》

1

「トルコって、一体、何だろう」

スポーツ新聞や週刊誌の娯楽ページにトルコ（現在のソープランド）の情報記事を書きながら、いつもそう思っていた。ただ、多くのマスコミが要求している「どこの地域の、どのトルコに、どんなギャルが、どのようなテクニックを持っているか、それがいくらで、時間はどのくらいなのか」というカタログ的な情報には、あまり興味がなかった。興味があったのは、トルコという「管理売春」が、この日本に存在し、そうした悪所で働いている女や男がいるという事実だ。

ぼくは単なる情報ではない、トルコの現場を知る方法がないのか、いろいろ考えた末に、トルコのボーイを体験してみようと思い立った。ボーイなら、ある程度トルコの仕組みや現場で働く男女の日常を垣間見ることができるし、客の顔を見ることができる。

ぼくは一カ月間、ボーイになることを決心した。ボーイに必要なのは白いワイシャツと黒いズボンのふたつだった。

ボーイ体験を認めてくれたトルコは、俗に「ちろりん村」と呼ばれる琵琶《びわ》湖畔・雄琴《おごと》の高級店。この街ほど現在（潜入したのは一九八〇年）のトルコを知るのに適したところはなく、トルコが四九軒ほどひしめく日本有数のトルコ街・雄琴ならば、こちらとしても好都合だった。

師走のある日、ぼくは「ちろりん村」を目指し、指定されたワイシャツとズボンを入れたバッグを手に雄琴に向かった。

「ちろりん村」は琵琶湖畔の田んぼの中からいきなり姿を現した。異様な風景だった。そこには派手なキャッスルや城郭といった建物が並んでいたのだ。ボーイとして働くことになった店は三階建ての大使館のような建物だった。玄関には、一カ月ほど一緒に働く男子従業員が五人いた。

「早速だけど、着替えたら店の方へ来てください」

メタルフレームの眼鏡をかけたマネージャーに連れていかれたのは「ちろりん村」内の、いかにも田んぼの中のマンションというネーミングのついた「二反田荘《にたんだ》」の一室だった。

「ここに荷物を置いて、着替えたら、勝手口に来てください」

従業員の寮は2DKの六畳間だった。そこに二段ベッドがふたつ並び、ユースホステルを連想させた。

早速着替えると、ぼくは寮から目と鼻の先にある店に向かった。

ボーイをすることになったトルコは、雄琴でもトップクラスの人気店で、入浴料は一万円。サービス料が二万五〇〇〇円。つまり、客として来る場合、総額三万五〇〇〇円を必要とする「超」の字が付く高級トルコだった。雄琴には四九軒のトルコがあるが、一番高価な店は総額五万円。続いて、四万五〇〇〇円、三万五〇〇〇円といった高級トルコが人気を博していた。そんな数字を頭に入れながら、店の裏手にある従業員勝手口に廻った。

扉を開けると、目に飛び込んで来たのは、乱雑に脱ぎ捨てられた靴やサンダル、そしてブーツだった。玄関を上がったところにあるダイニングテーブルには、大皿六枚にたっぷりの料理が盛られていた。食事は無料で、従業員や女性たちが空き時間に勝手にとっても良いことになっていた。

「じゃ、これ着てください」

手渡されたのは店のユニフォームだった。色は薄いブルー。店名にふさわしい上品なブレザーだ。いよいよ、トルコボーイのスタートだった。

「まずは、喫茶の方からやって貰おうかな」

トルコのボーイがどのような仕事をするのか。見当がつかなかったが、まずやらされたのは「セット」を作ることだった。「セット」は、客が待合室でお相手を待っているときに出す飲み物や菓子類のことで、店ではロシアン・ティーに不二家《ふじや》のパウンドケーキ、それにクッキーを三枚つけて運ぶことになっていた。「セット」を準備する場所は、ダイニングルームに隣接する小さな台所。そこが当面の仕事場になった。

台所には先輩ボーイがふたりいた。ひとりは坊主頭の九州男児。二五歳。以前は長崎で大工をしていたという。

「ボーイの経験はどのくらいですか」

「今日で五日目」

といっても、過去に喫茶店を手伝ったり、短期間だがボーイをやったことがあると言った。もうひとりは黒縁眼鏡をかけ、頭髪を七三分けにしていた二四歳の男性。彼は都内の私立大学を四年で除籍。アルバイトをしていた居酒屋に就職し、その後、雄琴に流れて来たという。ちなみに、彼の専攻は「社会福祉」だったそうだ。

「実は、ぼくもボーイ四日目です」

仙台の進学校出身だという彼は、黒縁眼鏡のレンズを拭きながら素朴なイントネーションでそう語った。ここでボーイになった経緯にパターンがあることに気が付いた。ひとつは水商売を経験していること。もうひとつは、紙袋ひとつで雄琴にやってきたことだ。考えてみると、トルコのボーイほど資本がいらず、気楽に就職できる職業はない。食事は一日二食、店で用意してあるし、住居は寮に住み込めば一銭もかからない。肉体労働をするよりも楽に生活ができる。それがトルコボーイの第一印象だった。

従業員は、このふたりのほかにメタルフレームのマネージャー、関西弁を話す受付担当、率先して駆けずり廻る主任の五人だった。

2

「痛いよお、痛いよお」

女子控室から悲痛な叫び声が聞こえて来た。視線を移すと、髪を栗色に染めたブルー・チャイナドレスの若い女性が、股を広げながら、こわごわ歩いていた。

「お客さんにオメコ噛みつかれて痛くてたまらんから医者に行ってくるわ」

そう告げると、彼女は高価そうな毛皮のコートを羽織《はお》り、あたふたと勝手口から出て行った。一瞬、自分の顔が赤くなるのを感じた。若い女性が、あからさまに女性器の名称を声高に叫んだので、呆気《あっけ》に取られてしまったのだ。

トルコギャルの第一印象は、性格的に明るいこと。そして、実にあっけらかんとして仕事をしていることだった。この店のハードなサービス内容から考えると、かなり重労働で、控室に戻って来たときなど疲労で口もきけなくなるのではと勝手にイメージしていたが違っていた。

ここで店のシステムを書いておこう。女性たちは五人ずつ三班に分かれ、遅番二日、早番二日、公休二日というローテーションで働いていた。つまり、四日間店で働いたら、二日休みというシステムになっていた。早番は午後一時三〇分。遅番は午後三時三〇分に店内に入り、自分が働く個室のセット準備をしておかなくてはならなかった。トルコのプレイ時間は一〇〇分。午後二時に営業開始すると、早番で七回転。遅番で六回転することになる。つまり、彼女たちは一日に六、七人とトルコプレイをする計算になる。ただし、営業開始から休みなく客が入ったらの話だ。

個室は全部で八室。その日の客数は働く女性の数で決まる。たとえば、早番五人、遅番五人の場合は六五だが、彼女たちの幾人かが生理休暇や体調不良などで休んでいる場合も多く、個室はフルに使用されているわけではなかった。

彼女たちの拘束時間はかなり長い。早番は十二時間以上。遅番でも十二時間近くハードな性的サービスを強いられるのだ。ボーイの場合も同様だった。早番は午後の十二時三〇分から翌日の午前三時過ぎまで。肉体労働ではないが、拘束時間が長いという点では、女性もボーイも同様だった。しかも、雄琴のトルコのすべての店が休日になる第三木曜日のほかに、休暇は月に二日しか取れないので、剛健な肉体と精神力を持っていないと務まらない仕事だと分かった。

ボーイ初日、トルコで働く女性たちが待機している「女子控室」が気になった。果たして、控室はどうなっているのか。興味がわいた。だが、控室の前には「男子立ち入り禁止」のプレートがかかっているのだ。控室は禁断の城だった。だが、こっそり覗いて見た。控室は六畳ほどの広さだった。中央に炬《こ》燵《たつ》が置かれ、壁一面にロッカーが並んでいる。入り口の近くにはカラーテレビが置かれ、炬燵の上には読みかけの週刊誌やみかん、吸い殻の溢れる灰皿が確認できた。奇妙だったのは、部屋の隅にブルーのポリタンクが幾つも並んでいたことだ。

「あれ、何ですか」

大きなポリタンクはプレイに使うローションだった。正式名称は「アモーレーヌローション」。昆布《こんぶ》が原料のローションで、成分はエディト塩酸だという。ポリタンクの容量は二二リットル。これはトルコプレイの必需品で、早い人で一カ月、遅い人でも三カ月で使い切ってしまうと教えられた。ローションの料金は、ポリタンクひとつで一万三〇〇〇円。女子従業員が個人で、店の部長から直接購入しているのだという。

トルコで働く女性たちの姿を見かけたのは、最後の客を送り出したあとだった。みんな二〇歳を超えたばかりの若い女性たちだった。「痛いよ」を連呼し、医者に行った彼女は二一歳。事前に、雄琴のトルコにはテクニックを持ったベテランが多いと聞いていただけに、意外な気がした。そんな彼女たちは、一日のハードな仕事を終えると、計ったように彼氏に電話をかけていた。彼女たちが源氏名から本名に戻る瞬間だった。

午前三時過ぎ、一日の仕事を終えると、ボーイには「大入り袋」が手渡れた。男性スタッフの顔がほころぶ瞬間だった。「大入り袋」は客数二九人目から三〇〇〇円支給されていた。四人増えるごとに一〇〇〇円加算され、五〇人以上入ると九〇〇〇円が支給される仕組みになっていた。ボーイの収入は、基本給のほかに、毎日のように「大入り」が加算され、月収はサラリーマンの初任給約三倍ほどあると教えられた。

3

二段ベッドで泥のように眠った翌日は、営業終了後、忘年会があると告げられた。入店二日目にして、働く女性たちの素顔すべてを見られることになったのだ。ラッキーだった。パーティー会場は京都の祇《ぎ》園《おん》。雄琴近辺にはパーティーを開く場所がなく、京都まで繰り出すしかないのだという。ちなみに、京都の人が雄琴のトルコに遊びに来ることを「山越え」ということを教えられた。

「一緒に飲みましょ」

会場で声をかけてくれたのは、小柄でコケティッシュなギャルだった。年齢は二〇歳。よく見ると、かなりエキゾチックな顔をしていた。綺麗に澄んだ瞳。形の良い鼻。どこをとっても整っているのだ。もしかしたら整形かと思ったが杞《き》憂《ゆう》だった。

「彼女、可愛いだろ。沖縄とアメリカのハーフなんだよ」

ぼくは、若くて、エキゾチックなマスクをしている彼女こそ指名ナンバー・ワンの人気女性だと思った。だが、予想は外れた。

「この人が、月に指名を百以上取る橘《たちばな》梨《り》花《か》さんです」

店の社長である部長から紹介された女性の姿を見て、「この彼女が本当に店のナンバー・ワンなの？」

と疑問に思った。女性は二〇歳の沖縄ハーフに比べると、年齢がずっと上のように見受けられた。顔も美人という印象ではなかった。そんな彼女が、どうして雄琴の高級店で圧倒的な指名ナンバー・ワンなのか、興味がわいた。その理由が解明できれば、なぜ男たちが高級トルコに通い詰めるのかが、分かるような気がしたのだ。

忘年会の翌朝は、雄琴のトルコ四九軒がすべて休む「三木」だった。「三木」とは、第三木曜日のことで、月に一度、雄琴の街から丸一日ネオンが消えることを意味していた。トルコが一斉に休むというのは全国的に珍しいケースで、雄琴特殊浴場協会がしっかりしている証拠だった。トルコで働くだれもが「三木」を心待ちにしていた。

ちろりん村の「三木」はゴーストタウンのように見えた。ひっきりなしに行き交う車の姿も音も、ボイラーから漂ってくる蒸気の匂いもしないのだ。この日の雄琴は死んでいた。

ボーイ三人は、日頃は入れない女子控室に入り込み、炬燵に入りながらテレビを観ることにした。部屋には微かに匂いがあった。香水や化粧品の匂いに、煙草の脂《やに》の強烈な臭い、ケーキの甘い香りも漂っていた。じっくりと控室を眺められるチャンスだった。目に飛び込んで来たのは、壁に貼ってあったグラフだった。グラフは「指名」の数を示していた。店に採用され三カ月を経た段階で、指名が二〇名以上なければ、採用は取り消しになってしまうのだという。このシステムを聞いていたとき、電話が鳴り響いた。

「今日は雄琴全体がお休みです。明日からは平常通り営業をいたしておりますので、またのご連絡をお待ちしております」

「三木」を知らずに、ひっきりなしに電話がかかって来るのだ。余りにも電話が鳴り響くので、しまいには対応を辞めた。ちょうど、そんなときだった。勝手口に人の気配があったのだ。ぼくたちは、てっきり、東京に帰っている主任が帰って来たのかと思った。だが違っていた。挙動不審者はセーターを着た三〇くらいの男だった。

「何か用ですか」

そう声をかけると、男は慌てて勝手口に戻り、扉のドアノブの「ロック」を解くと、脱兎《だっと》のごとく逃げていった。男は空き巣狙いだったのだ。

「そいつは惜しかったな。今まで盗られたのはテレビとかビデオ。奴ら、車でやって来て、関係者を装って平然と運んでいくんだよ。うちの店も、前にビデオをやられた」

勝手口から侵入し、内側からロックを掛けるというのだから、気が付けば逮捕はできたはずだった。とんだ「三木」になったが、未遂に終わって良かった。

4

トルコギャルは明るくて、あっけらかんと仕事をしていると思っていた。たが、現実は少し違っていた。入店三日目だというニューフェイスの女の子が、悲痛な顔をしてゆっくりと階段を下りて来たのだ。

「い、痛たたたた……」

彼女が痛めたのは、股間の「あの部分」だった。動くたびにヒリヒリして染みるというのだ。泣いていた。マネージャーによれば、トルコデビューしたての子は、たいてい陰部の炎症を起こすという。考えてみれば、当然の結果に違いなかった。彼女は一日に七人の客を相手にトルコプレイをしたのだ。しかも、時間内に二回ずつ過激な行為をしたのだから、陰部が炎症を起こしても少しも不思議ではない。

「この薬を彼女に渡してくれるかな」

マネージャーから手渡されたのは「アクロマイシン軟膏」という塗り薬だった。

「こいつはトルコ御用達の特効薬。新人はたいていお世話になる」

この薬を塗った数日後、再び出店した彼女は、何事もなかったように仕事を始めていた。彼女には、陰部が腫れあがっても仕事を続けなければならない事情があったようだ。

「女性は凄いよな。すぐ回復し、慣れるんだから」

マネージャーが笑った。

そんな彼女たちは、個室から飲み物を注文してくる。それを運んでいるときだった。バスタオルに身を包んだ裸の女性を目撃したのだ。一瞬、注文品を落としそうになった。ギャルはトイレに駆け込んだ。

それは、ほんの瞬間だったが、生々しい匂いが漂って来た。ボイラーから送り込まれる蒸気のムッとするような臭いと、ピンク色に染まったギャルの裸身が絡み合い、ここはトルコの現場なのだと強く感じた。

二階にある四つの個室を眺めて見た。ふたつの部屋は照明がつき、微かに話し声が聞こえてきた。だが、残りのふたつの部屋はぴたりと扉が閉められ、照明が消えていた。その部屋を眺めながら、「今頃は過激なトルコプレイの最中なのだろうな」とあらぬ想像をした。個室の中では、どのようなサービスをしているのか気になりはしたが、覗くわけにもいかなかった。

「おかしいなあ。足りないわ。何度数えても、枚数が足りない」

控室から、不満げな声が響いて来た。そのつぶやきは、徐々に怒り声に変化していた。

「どうした。何かあったのか」

「何かあったなんてもんじゃないわよ。お金を抜き取られたのよ。見てよ……」

小柄なギャルはボリュームのある札入れを広げると、一万円札を数え始めた。

「やっぱり、一枚足りないわ。あったまくるなあ。別に、一万円が惜しいというのじゃないけど、お金を抜き取られるなんて、気持ちが悪いじゃない。店側で何とかしてくれなくちゃ、安心して仕事ができないわ」

吸いかけていた煙草を灰皿に押し付けると、彼女は頬を膨らませた。彼女は五人目の客が帰ったあとで財布の中身を数えてみたが、何度数えても計算が合わないというのだ。

「きっと、わたしがトイレに行っている隙に客が抜き取ったんだわ。きっと、そうよ。あんときだわ」

九州出身の彼女は、何度も舌打ちをすると、やみくもに煙草を吸った。苛立ちが良く分かった。肉体を酷使して得た金を抜き取られたのだから、悔しくて悔しくてたまらなかったに違いない。彼女に慰めの言葉をかけたかったが、「ひどい客がいるなあ」としゃべるのがやっとだった。

5

ボーイたちが出店するときのスタイルには特徴がある。足許がサンダルという点だ。出店時間は早番午後一時。遅番は午後五時。早番が最初にやる仕事は玄関の掃除だ。掃除が終われば、玄関の両脇に盛り塩。この盛り塩は水商売にはつきものの縁起物だ。次は待合室やトイレの点検。そうした雑用を終えて、二階のテラスに「店旗」を揚げにいったときだった。雄琴トルコ街の道を爆音を立てながら猛スピードで走る赤い車が目についた。

車は鈍いブレーキ音をあげると、わが店の前に停まった。ドアが開いた。人が降りるのが見えた。いや、降りるというよりもポンと放り出されるようだった。飛び出してきたのは、陰部を客に噛みつかれたと騒いだ彼女だった。時計を見ると午後一時半。早番女性たちが出勤する時刻だった。

雄琴のトルコで働く女性たちは、マイカーでやって来たりタクシーで乗り付けて来るが、多いのは男に送られてくる女性だ。中には徒歩の女性もいる。彼女たちは出勤するときだけ、雄琴付近のマンションに宿泊しているのだ。午後一時半から約一五分の間がトルコで働く女性たちの出店ピークだと判明した。

「彼女の『おやじ』、どんな男だった?」

テラスから降りてくるなり、マネージャーからいきなり質問を受けた。トルコで働く多くの女性たちには「おやじ」と呼ばれる男がついている。その男がどんなタイプの男だったのかを聞いていたのだ。その後、彼女の「おやじ」は、前に勤務していた店のマネージャーだと分かった。

トルコ内の恋愛は一応御法度になっているが、恋愛は水物だ。御法度を犯せば、男の方が辞めさせられるのが掟だった。最悪の場合は、両方辞めざるを得ないケースもあると聞かされた。彼女たちの恋愛対象は最低限マネージャークラスの男たちで、決してボーイがターゲットになることはないという話だった。

それからトルコで働く女性たちがなぜ男なしでいられないのか、うすうす分かって来た。トルコで働く女性たちは生理休暇を除いても、月に二〇日近く働く計算になる。少なく見積もって、月に一〇〇人以上の男たちとハードなプレイをしているのだ。これでは肉体はおろか、精神までクタクタに疲れてしまうに違いなかった。

特に、高級店は過激でハードなサービスをしなければ、指名を取ることはむずかしい。しかも、彼女たちには客を選ぶ権限がないのだ。中には、相手にしたくない客もいるに違いない。体調がすぐれないときもあるだろう。だが、待合室で彼女たちを今か今かと待っている客たちを、見捨てるわけにはいかないのだ。

彼女たちは肉体も精神もズタズタにされ、疲労の極致まで追い込まれてしまう。皮膚の水分は抜け、肌はカサカサに乾き、目の下には隈がくっきりとできてしまうのだ。身を粉にして働いているのだから、ねぎらいやいたわりの優しいひと言が欲しくなるのは当然と言っていい。これが、仕事を終えて自分の部屋に戻っても、待っている男やペットがいなければ、寂しくて死にたくなってしまうところであろう。

6

トルコ独特の用語に「お入りなさいませ」と「お上がりなさいませ」という言葉がある。このふたつの言葉では、大変な苦労をした。トルコボーイも仕事に慣れてくると、徐々に仕事が増えて来る。台所の仕事から店内に出て、客の案内をするようになるのだ。この際に使用する言葉が「お入りなさいませ」「お上がりなさいませ」だった。

「お入りなさいませ」は、待合室で待っているお客さんと女性を引き合わせ、ふたりで部屋に向かっていく際に使う。だが、使い慣れていない言葉だけに、咄嗟《とっさ》に口に出てこなかった。普通、女性たちがスタンバイOKになると、彼女たちは控室から階段下に出てくる。そこで跪《ひざまず》き、待機をする。すると、ボーイのひとりは待合室の客を呼び、もうひとりが女性の源氏名を紹介することになっていた。たとえば、こんな感じだ。

「ご案内番号一番をお持ちのお客様、お待たせいたしました。ご案内申し上げます」

こう言いながら、待合室の出入り口に座《ざ》し、案内をするのだ。この言葉に従って客は待合室を出て、相手をする女性と対面することになる。その女性と待合室の間に、もうひとりのボーイが跪き、客が通り過ぎる前に言葉を発する。

「ご指名の橘梨花さんがご案内申し上げます。どうぞ、ごゆっくりお入りなさいませ」

こう言葉をかけると、客と女性が腕を組み、部屋に向かって歩いてゆく。そのうしろ姿にお辞儀をするのが習わしになっていた。これで「案内」がひと通り終わるのだが、初めてこれを任されたときには、まるで声が出なかった。頭が真っ白になって、何が何だかわからない状態になってしまったのだ。

「どうぞ、ごゆっくり、お……」

そこまではどうにか出てきたが「お」のあとが続かなかった。身体中から冷や汗が流れた。頭は必死で「お」のあとを考えているのだが、口の方はパクパクするだけで、音が出て来なかった。こうしている間に、お客さんは目の前を通り過ぎ、相手の女性の腰にしっかりと手を廻し、階段を上がっていった。マネージャーが真っ青になっているのが分かった。

「大丈夫か。しばらく経ってから、お辞儀をするだけでいいよ」

あまりの不甲斐《ふがい》なさにマネージャーは驚いたようだった。

「すみません。急に言語障害になってしまって、気を付けます」

以来、暇があると「お入りなさいませ」や「お上がりなさいませ」を練習した。源氏名の方は名刺の裏に書き記し、女性を確認してから案内するようになっていった。こうしてボーイの知られざる苦労が始まっていた。

7

「ねえ、ボーイさん、あたしのエアマット、穴が開いたらしくって駄目なのよ。修理してくれないかなあ」

最後の客を帰したあと、礼緒《れお》さんという女性が走り込んできた。

「さっきね、マット洗いをしていたら、急に弾力性がなくなっちゃって、身体が滑ちゃったのよ。穴が開いてるのか、マットがぐったりしているの。明日また使うから、直しておいてくれるかな」

嫌とは言えなかった。これでまたひとつ、仕事が増えてしまったが、若くてぴちぴちした女性に頼まれると、ふたつ返事で請け負ってしまうものなのだ。そこへマネージャーが通りかかった。

「マネージャー、エアマットって、いくらぐらいするものなんですか」

前々から気になっていたことを恐る恐る聞いてみた。マネージャーは、トルコで使用される道具についていろいろ教えてくれた。

「エアマットは八四〇〇円。礼緒さんは『部屋持ち』だろ、だからエアマットを個人で持っているんだよ。消耗品だけど、ちょっと穴が開いたくらいじゃ、廃棄するのはもったいないもんなあ」

「すると、ぼくらの仕事にはエアマットの修理なんかもあったりするんですか」

「そうだよ。『マット洗い』ってトルコプレイは動きが激しいから、どっかに無理が来るんだな。礼緒さんなんか、まだ若いからマットに穴が空くくらい激しく動き廻るのかもしれないな」

「マネージャー、その『部屋持ち』っていうのは、なんですか」

「『部屋持ち』は月に五〇以上指名がある子が、自分専用の部屋をもらえるってこと。つまり、売れっ子のことだ。入店したばかりの子とか、指名数の少ない子は、その日によって毎回使う部屋が違うんだよ。大体、早いもん勝ちだ」

人気があるのは二階の個室だという。確かに、三階まで頻繁に上がっていくのとは疲労度が違う。それにお客さんの負担を考えると、三階よりも二階を選んでしまうというのだ。「部屋持ち」はみんな、二階の広々した個室を占用《せんよう》していた。

「前に教えたかもしれないけど、店に入って三カ月が過ぎた時点で、指名数が二〇以上ない子は店を辞めてもらうことになっている。それが分かっているから、指名が取れない子は三カ月が来る前に辞めてゆくんだ。逆に指名が五〇以上取れると『部屋持ち』になって、仕事もずいぶん楽になる」

「『部屋持ち』になると、どうして仕事が楽になるんですか」

「つまり『部屋持ち』は指名客が多いから、お客さんの体調次第で『椅子洗い』をやらなくてもいいとか、『マット洗い』はいらないとか、お客さんの好みでサービスをすればいいのさ。だから彼女たち、『部屋持ち』になると喜ぶみたいだよ」

「じゃ、指名の少ないギャルが、『部屋持ち』の女性がこなす数だけ接客するのは、肉体的に疲労が激しいというわけですか」

「特に入店したばかりの子は、次回も指名してもらいたいから、一所懸命サービスをしてるんだよ。一日中、目いっぱい仕事をしているから、新人さんは、疲労度がかなり違うんじゃないかな」

マネージャの話を聞き、「指名」の持つ言葉の重さが少しだけ分かるような気がした。

その日の終わり、誰もいなくなったトルコの個室に入り、頼まれたエアマットの修理を始めた。小さな穴が見つかった。その穴をゴム専用の接着剤で塞いでいるときだった。ドアをノックする音で我に返った。誰か訪問者が来た気配だった。

「どうぞ、入ってもいいですよ」

個室に入って来たのは、ユニフォームからトレーニング・ウエアに着替えた七三分けの同僚ボーイだった。

「あのお、実は、お願いがあるんですけど」

彼は真剣な顔をして「頼み事」をしてきた。明日、遅番なので川筋に並ぶトルコに行きたいのだが、資金が五〇〇〇円ほど足りないというのだ。

「毎日トルコで働いていると、刺激が強いじゃないですか。女の子の裸を見ることもあるし、部屋の中からすごく悩ましい声が聞こえてくるし。もう我慢ができないんですよ。お願いします」

見た目では童貞かという印象さえあった彼は、トルコ大好き青年だった。ボーイになった動機も、プレイの指南役志願というのだから、トルコの魔力に魅入られてしまった被害者に違いなかった。

そこで雄琴の裏通りにある川筋トルコの詳細リポートを条件に五〇〇〇円を貸した。とたんに彼の表情ががらりと変わった。無理もない。彼は二五歳の青年である。性的な欲望の塊《かたまり》といっていい年齢なのだから、欲望を抑えきれなくなったのも頷ける。彼は五〇〇〇円札を宝物のようにして懐《ふところ》にしまいこむと、部屋を出ていった。きっと今夜は、念入りに身体を磨いて、ぐっすり眠ることになるだろう。

そんなボーイたちの動きが活発になるのは、閉店を過ぎた午前三時過ぎだった。ネオンが消え、真っ暗闇になった雄琴の街を、各店のボーイ連中が、三々五々、トルコ街近くの居酒屋に集まってくるのだ。そこでは、「おやじ」のいないひとり身女性の情報交換が始まる。彼らは、あわよくば「おやじ」になりたいと画策していた。だが、ボーイの身分では、可能性はゼロに近いのが現実だった。

8

「あんさん、ワシの言うてる言葉、分かるか」

ボーイの制服が板についてきた頃、待合室にお茶を運んでいくと、中年の脂ぎったオジサンに声を掛けられた。

「ワシの言葉、分かるか」

どうやら、関西地方の言葉を理解できるかということらしかった。

「あのなあ、ワシの爺さんをなあ、いっぺんでいいからトルコへ連れて来てやりたいんや。大丈夫か」

「あの、失礼ですが、お爺さんはおいくつの方ですか」

「爺さんか、爺さん八二や」

「八二歳……」

一瞬、絶句した。八二歳という高齢で、果たしてハードなサービスで有名な雄琴のトルコプレイに耐えられるのか、思わず次の言葉を飲み込んでしまった。

「爺さんが、トルコというところへ、ぜひ行きたいと言いよるんや。何とかならんか」

中年のオジサンは、真面目な顔をして哀願した。

「ぜひ、トルコに行きたいと、うるさいんや。それも高級なトルコのハードなプレイを堪能してからあの世に行きたいいうとる。それでワシがあらかじめ雄琴の高級トルコに行って、実際に体験をしに来たんや。そうしたら、ええおなごに当たってのう、彼女なら親父も気に入ると思うたんや。その前に、一応、店の人に断らん思うて」

「すみません、マネージャーを呼んでまいります。そちらに相談してみてください。お茶を召し上がって、少しお待ちください」

そう言いながら、世の中には、いくつになってもパラダイス気分を味わいたいという男たちがいるものだとつくづく思った。だから、トルコという悪所が廃れず、次から次へと客がやって来るのだ。「なるほどなあ」と呟きながらマネージャーを呼びにいった。

「八二歳のお爺さんをトルコに連れて来たいけど、いいかって。ウ〜ン、困ったなあ。お客さんとして来てもらうには差別する気はないけど、トラブルがあったら面倒だし、ここは断るか」

マネージャーの判断は、もし仮にお客さんが急病で倒れた場合、店としては責任がとれないということらしい。「雄琴ちろりん村」に救急車は似合わないし、仮に店内で病人や怪我人が出たとしても、目立つ救急車は使わない。タクシーを呼ぶか、車で病院へ運ぶことになるという。

「お客さんの方だって、トルコで倒れたなんて言えないだろうし、うちだって、個室で病人が出たなんて噂が広まったら迷惑だしな。女の子だって、そんな爺さんはやりにくいだろうし」

マネージャーは待合室に向かった。そして、数分後……。

「残念やなあ。あの子やったら、親父が喜ぶ、思うたんやがなあ。残念や。ホンマにあかんか。絶対に、あかんか」

いくらか早口になりながら、中年オジサンは何度も哀願した。だが、マネージャーの態度は変わらなかった。

「申し訳ありません。双方で困ったことになるといけませんから」

「じゃ、知ってる店で、爺さんを受け入れてくれそうな店、どこかないかのお」

「雄琴で一番料金が高い店があるんですが、そちらに頼んでみたらいかがでしょう」

中年オジサンは、その超高級店の名前と連絡先をメモすると、しぶしぶ店を出ていった。

「いきなり八二歳の爺さんを頼むって言われても困るよな。腹上死なんかされたら、それこそ面倒だしな」

マネージャーの話を聞いてから、雄琴のどこかのトルコで、プレイ中に腹上死をした客がいたに違いないと思った。その可能性は大だ。雄琴のトルコプレイは過激で、刺激が強いと評判なのだ。そんなハードでバイオレンスなトルコプレイを受け、そのまま昇天してしまう例はきっとあるはず。だが、こういう事故は秘密裏に処理され、表には出ないのであろう。

中年オジサンが、「爺さんが大喜びするに違いない」と太鼓判を押した女性は一体、誰だったのだろう。気になったので、こっそりフロントで聴いてみた。

「あのお客さんについたのは、え〜と、あ、梨花さん」

予想はしていたが、やっぱりという印象だった。橘梨花さんは、わが店の指名ナンバー・ワン、いやいや、雄琴一の、日本一のトルコレディーに違いなかった。三〇を過ぎた彼女が外の女性たちと違うことがひとつあった。それは、梨花さんが毎回一リットルの牛乳を個室に持っていくことだった。そんな折、チャイナ・ドレスのスリットから太腿をあらわにした梨花さんがやって来たので、聞いてみた。

「あの牛乳、どのように使うんですか」

「牛乳風呂にするのよ。これ結構、身体にええのんよ。肌にもええし、香りもするし、わたし、ずうっと使っているんよ。お客さんに好評だし、一度あなたもやってみるとええわよ。今日一本余るから、やってみなさいよ」

想像していた通り、彼女は牛乳を浴槽の中に入れ牛乳風呂にしてサービスしていた。こういうちょっとした工夫が、ナンバー・ワンになっている秘訣なのだろう。ほかの多くの女性たちが、店から義務づけられているトルコのサービスだけをするのに対し、彼女はプレイ以外にもひと味違うサービスをしている。

ある日、お客さんが忘れていった女性の名刺を拾った。梨花さんの小型名刺だった。名刺には「次回お越しの際は前の日に電話してくださいね」と直筆の綺麗な文字が並んでいた。

（こういう優しさが、お客さんにはたまらないのだろうな）

梨花さんは、すべての面でひと味違っていた。ほんの少しの差だと思うのだが、実行し続けるのは、そう容易ではないと思った。

9

仕事を終えてから、指名数ナンバー・ワンの橘梨花さんに時間をとってもらい、話を聞くことができた。旦那さんが交通事故にあい、亡くなってしまったので、彼女はトルコで働くことになったという。

「わたしの場合は、出会いの瞬間が勝負だと思うてるのよ。だからお客さんと会って階段を上ってゆく寸前に、お客さんの手を思い切り握ってあげるん。そしたらだいたい、こちらのペースになるねん」

焼肉弁当をぱくつきながら、彼女は話を始めた。

「わたしね、仕事が楽しくてしょうがないのよ。いろいろな男の人と巡り合えるでしょ。こういう仕事をしていなかったら、男の人を見る目が違っていたと思う。トルコで働く女性は演劇に魅入られた人と一緒やと思うてる。あるときは、お客さんのガールフレンドやし、あるときは、母や娘になるときだってある。お客さんがどういう精神状態にあるのか見極めて、お客さんが求めている女性像になりきるんや。これが一番喜ばれるし、オモロいねん。トルコの個室はふたりだけの劇場だと思うてるよ」

三〇歳を過ぎた梨花さんは、自分がもう若さで勝負することは無理だと自覚している。ならば、どうすれば勝負できるのか。それを考えているのだ。ひとつはお客さんが満足する性的なサービス。そして、客の希薄になった「パートナーの存在感」を埋めてあげること。そのふたつが指名を続けてもらう秘訣だと教えてくれた。

彼女は、男たちがなぜトルコへやって来るのかを熟知していた。トルコにやって来る男たちは、家庭内で疎《うと》んじられている人が多い。自分の居場所がないだけでなく、自分の箸がない人までいる。会社に行けば上役から叱られ、部下から突き上げられ、同僚からは足を引っ張られ、自己の存在感を見失っている。

「俺、世の中に必要なんだろうか……」

そんなふうに居酒屋で孤独感を味わい、ほろ酔い気分でトルコへ行く人が多い。そこで待っているのがトルコレディーやトルコギャルたちだ。

「ここに、あなたを待っている私がいるじゃない」

そうした優しいひと言に、自己の存在を無視された男たちは歓喜するのだ。トルコは寂しい男たちにとって唯一の安住の場所と言っていい。彼女たちは、男たちの荒んだ心を和らげ、性的に慰めながら、叱咤激励《しったげきれい》をしているのだ。

「帰ってゆくとき、自信に満ち溢れていてほしいのね。明日また、がんばるぞって感じでね。そのためにいろいろと研究や努力をしているんよ」

トルコで働く女性の多くがピルを使用している。そのせいかピル太りをしてしまう子も多いという。そうならないために、梨花さんはスポーツクラブに通い、水泳をして肉体を維持している。こうした日頃のたゆまぬ努力を重ねているところが、指名数ナンバー・ワンの所以《ゆえん》なのだと痛感した。

10

ボーイをひと月近くやっている間に、店を辞めていった女性が三人いた。遅刻がひどすぎると出店禁止処分を受け、もう二度と遅刻はいたしませんという誓約書を書かされ、再度、店に戻ったギャルもいた。

ボーイになりたての頃、川崎出身のギャルが、突然、姿を見せなくなった。二〇歳の遊び盛りの女の子が、予想以上に規律の厳しいトルコの世界で働くことは、並たいていの覚悟では難しいという印象を受けた。

「しんどいなあ。もう働くの嫌だよ」

彼女はセットのクッキーをつまみ食いしながら、よく嘆いていた。

「でも、借金があるから、身体がくたくただけど働かなくちゃならないのよね」

そんな彼女は身体の調子が悪かったようだ。だが、貯金があまりなく、その日暮らしに近い生活を送っていた。おまけに、男に捨てられたと言っては目を腫らして泣いていた。そんな彼女を見ているのはつらかった。だが、どんな言葉をかけてあげれば良いのか見当がつかなかった。そうこうしているうちに、彼女は姿を見せなくなった。そして、いつの間にか「麻実《あさみ》れい」という彼女のプレートは控室から消えていた。

誰もが、彼女が辞めたということを知っていた。だが、誰も彼女のことを話題にしなかった。本当は同僚の話をしたかったのだと思う。少なくともトルコで働いている女性は、いつかは彼女のように、ある日突然、店を辞めるかもしれないのだ。だが、年末年始は忙しかった。食事をとっている暇がないほど次から次へと客がやって来た。そして、いつの間にか「麻実れい」というギャルが在籍していたことなど、忘れ去られてしまっていた。

そんなある日、一台の車が猛スピードで駐車場に飛び込んできた。最初は客がやって来たのかと思った。だが、車に乗っているのはリーゼント・ヘアの男ふたりだった。この男たちは雄琴の高級トルコにやって来るタイプには思えなかった。案の定、うしろの席には、突っ張った感じの女の子が乗っていた。その彼女が「麻実れい」さんだと気づいたのは、彼女が勝手口に向かって歩き始めたときだった。川崎の中学を卒業した直後、家出をした彼女は、日本全国のトルコ街を流れることになる。そして、最後に流れ着いたのが雄琴のトルコだったようだ。

彼女は店に残していた荷物をまとめると、ばつの悪そうな顔をして出ていった。逃げるように車に乗り込むと、ものすごいエンジン音を響かせた車が走り去った。あっという間のでき事だった。ボーイを始めた当初から、二〇歳の彼女にとって「雄琴ちろりん村」とは、どのようなところだったのか、聞きたいと思っていた。だが、ひと言も聞けず、車は京都方面へ消えていってしまった。彼女が雄琴で働いていたのは、実質一週間だった。

雄琴のトルコは、若い女の子ならば誰でも働けるというわけではない、ということが良く分かった。若ければ良いというのではないのである。三万五〇〇〇円という料金をちょうだいするのだから、それなりにしっかりした女性でなければ、客が納得しない。

そういう意味で、簡単に雄琴の高級トルコで働けると思い込んでやって来る子は、実際に働いてみると、高級トルコのサービスがいかにハードなのかを身に染みて分かるようだ。ちゃらんぽらんな性格では、とても勤まる仕事ではないということが「麻実れい」さんのケースを間近で見て、よく分かった。

辞めるギャルがいれば、働きたいと店に電話をかけてくる女性もいる。そういうときは、履歴書持参で面接をおこなうことになっていた。ひとりの女性が店の前を格好つけて歩いていた。

「あの子らしいぞ。面接に来たのは」

マネージャーがそう言いながら、そわそわし始めた。無理もなかった。マネージャーのひと言で、その彼女の生活が左右されてしまうのだから、慎重にならざるを得ないのだ。たいていの場合、誰かの紹介で電話をかけて来る。募集広告を出していないからだ。雄琴で働くんだったら、あの店がいいとか、お金を稼ぐんだったら、あっちがいいとか、トルコで働く女性の間では情報交換がおこなわれているらしかった。

その女性も、誰かに話を聞き、履歴書を持ってきたが、どうも年齢を偽っているような印象を受けた。一応、ボーイ連中も面接にやって来た女性の顔や仕種を見て、自分なりの点数をつけている。それをマネージャーに伝えることもあるのだ。

しばらくの間、マネージャーと女性は待合室で話をした。だが、部屋を出るとき、彼女は履歴書を手にしたままだった。不採用である。女性はかなりの厚化粧で、三〇近いと思われた。トルコでは、実年齢よりも見た目が重視されているので、見栄えが勝負なのである。

「一応、最終決定者がいないから、のちほど連絡をしますと言っておいたけど、あの彼女、うちのムードとは少し違うよな」

応募してきた女性を断るときは、あとから連絡をしますと言い、一度、保留にしておく。そのうち応募してきた女性の方が悟り、別の店に履歴書を送るという。つまり、履歴書を持ち帰らせるということは、別の店に面接に行った方が良いですよというサインだった。

「心情的には雇ってあげたいけど、こっちだって食うか食われるかの熾烈な戦いを強いられているんだから、シビアにいかないとな」

マネージャーはメタルフレーム眼鏡の奥をきらりと光らせると、そう言った。

11

トルコのボーイを一カ月ほど体験して、取材記者では見ることのできない「トルコの現場」を見ることができた。その中で一番大きな収穫は、「雄琴ちろりん村」の多くが、在日韓国・朝鮮の人たちの経営であることが分かったことだ。実際、自分が働いた高級トルコのオーナーや会計担当の初老紳士も韓国の方だった。

それが分かったのは、従業員全員でオーナーの家に正月のあいさつに行ったときのことである。表札の名前も、出された料理も、すべて韓国のものであった。のちにボーイ仲間から聞いたところ、雄琴の三分の二が韓国・朝鮮の人たちの経営している店だと教えてもらった。

オーナーだけではなかった。トルコで働く女性たちや従業員の中にも在日が多いという。在日の優秀な人材は、医者や弁護士、政治家になり、能力のある人たちはスポーツ選手や芸能人になる。そして、行き場のない人たちが暴力団員になってゆく。フーゾクの世界もまた、在日の人たちの割合が多いのが特徴だ。彼らは大学を出ても、隙間産業にしか生きる道がなかったのであろう。

実家がパチンコ店や焼肉店、不動産業などに携わっていたなら良いが、そうでなければ、フーゾクの世界に流れてくる。エロ漫画や雑誌の業界しかり。ロマン・ポルノの関係者やＡＶ業界しかり。小説の世界でも「在日は、この日本でどう生きるべきか」という明確なテーマを持っているせいか、芥川賞や直木賞といった有名な賞を受賞しやすいのが現状だ。

トルコもまた暴力団と切っても切れない関係にある。雄琴では、単純に、日銭五〇〇〇万円ほどの現金が落ちる。黙ってみているわけがない。各店に設置している自動販売機や植木などをリースし、備品を収め、それらをみかじめ料の代わりとして徴収している。正月には、各店の写真を撮り、それをカレンダーにし、法外な価格で買い取らせていた。玄関の飾りや盆栽もまた暴力団のリースだ。徴収しに来るのは退職したオジサンだった。

大晦日《おおみそか》。紅白歌合戦も大詰めを迎えた頃、わが店に、全国的に名前の知られた暴力団員ふたりが大きな名刺を差し出し、社長に会わせろとやって来た。従業員全員が緊張した。どうやら、俺の組も一枚かませろと言うつもりだったようだ。だが、雄琴は京都にある暴力団が仕切っている地域なので、マネージャーは必死で「社長は今いない」を繰り返し、追い返した。こうしたことも、マネージャーの大きな仕事のひとつだった。彼の給料が高い所以でもある。

銀行も商社も政治家も、日銭五〇〇〇万円という現金を狙っていた。銀行は、地元銀行と大手銀行の熾烈な争いだった。政治家は与野党どちらもすり寄って来ていたが、業界側は双方に政治献金をおこなっていた。商社は土地建物を所有し、ダミーを立てて店舗をリース・レンタルしていた。

雄琴がほかの地域と違っていたことは、きちんとした特殊浴場協会を設置し、一丸となってトルコの存続と発展に力を入れてきたことだ。その大きな功績のひとつが、「雄琴ちろりん村」全体が第三木曜日に休業することを取り決めたことである。そして、積極的にマスコミを利用する方針を立てたのも、功績のひとつだろう。マスコミ対策が功を奏して、全国的に有名なトルコタウンになった。

客もまた、面白い人が多かった。外国暮らしが長かった人が、久しぶりに帰国することになった。その人は帰国するなり、空港からタクシーを飛ばし、雄琴に一直線に飛んで来た。外国で現地の女性を多く抱いてきたが、言葉や匂いが違うのでどうしても日本人でなければだめなのだと言っていた。その客は一〇万五〇〇〇円を支払い、四時間半も店にいた。相手をした女性に話を聞くと、最初の一〇〇分は規定通りのサービスを施したが、残りは鼾《いびき》をかき、ずっと眠っていたという。それでも満足そうな顔をして店をあとにしていった。

「雄琴ちろりん村」は、接待でも利用されていた。関西地方のある高校野球の大物がプロ入りをする際、雄琴の高級店に毎日のように連れて来られ、下半身を大暴れさせ、その後、入団が決まったと言っていた。のちに関西のチームで活躍した選手だった。関西のプロ野球チームは、性的なガス抜きに雄琴のトルコを大いに利用していたようだ。

働いていた女性にぼくが直接聞いた話では、ぼくがボーイをした店には、彼女を指名するお馴染みさんに芸能レポーターがいた。後日、その話をレポーターにすると、彼は笑顔で「そうだ」と答えてくれた。雄琴へ行けば、いつも彼女を指名していたそうだ。

最後に、ぼくのボーイ体験を振り返っておこう。ボーイ勤務の初日、陰部を客に噛まれたと騒いでいた彼女は、その後、個室で客に規定以外の金品を要求したのがばれ、クビになった。ボーイをしていたメンバーのその後だが、主任とは東京で会うことがあった。彼女が新宿のホステスをしているのだと言っていた。彼は二年の間に五百万円の貯金ができたらアメリカに行き、飛行機の免許を取ると張り切っていた。また、取材で吉原《よしわら》の街を歩いていたとき、「たまに雄琴でボーイをしていた人だよね」と声をかけられた。彼は他店でボーイをしていたという。女性たちも、ボーイたちも、日本全国のトルコをデラシネのように漂流していることが良く分かった。

一カ月の間、ボーイをしながら、男にとって「トルコは一体何なのか」を考えてきた。ひとつは単純に男たちがセックス処理をする場所だということ。そして、もうひとつは、希薄になった男たちのアイデンティティーを確認するための場所なのではないかと思った。

「あなたはこの世に必要なのよ」

男たちが求めているのは、そうした彼女たちのひと言であるような気がした。

振り返ってみると、慣れないトルコボーイの生活はつらい毎日だったが、トルコという場所、特に雄琴という街は、どこもかしこも人間臭い匂いのする面白い街だったという印象が強い。琵琶湖畔にトルコ四九軒が犇《ひし》めき合っている特殊な土地で、そこに出入りする人々の人生の裏街道を垣間見せられたような気がした。

解説

本《もと》橋《はし》信《のぶ》宏《ひろ》

たそがれ色の昭和が甦る。

昔、放課後の図書室で嗅いだ古びた書物の薫りのように。

皓星社のシリーズ「紙礫」は基本的に小説を集めたアンソロジーとして編集したものだったが、「紙礫EX」は、小説からノンフィクションまで作品のジャンルを問わない編集方針となる。その分、中身の面白さは倍加しているはずだ。

新シリーズ紙礫EXの第一弾は、『色街旅情』。昭和戦後期、女と男が繰り広げる情痴の数々を掲載した当時の雑誌、書籍をいまここに復活させた。

歓楽街、旧赤線、旧青線といったスポットが舞台になる。

戦前、日本には姦通罪という法律が存在していた。

旧刑法第三五三条 有夫ノ婦姦通シタル者ハ六月以上二年以下ノ重禁錮ニ処ス其相姦スル者亦同シ

この法律では、婚姻関係にある妻は夫以外の男と性交渉をおこなうことは法律違反とされ、妻と不倫男性だけに罰則があり、亭主はいくら浮気しようが愛人を囲っていようがおとがめ無しだった。

戦前、婦人参政権がなかったこととあわせて男女不平等の最たる法律であった。

姦通罪によって逮捕された著名人には、歌人北原白秋《きたはらはくしゅう》と人妻がいた。両人ともに真剣な恋愛であったのだが、逮捕された。

戦後、姦通罪は廃止され、後ろめたい犯罪行為とされてきた行為が法律的にはおとがめなしになった。

昭和二十〜三十年代にかけて不倫とは呼ばず、前時代の呼称である姦通という言葉が生き残った。

本書では、戦後人妻の精神的な開放感が流れ出しながらも、まだ戦前の姦通という背徳の匂いが色濃い時代背景を念頭に読みほどいてほしい。

「阿部定・坂口安吾対談」「阿部定さんの印象」

掲載誌『座談』は戦後、解体して再スタートした文藝春秋新社から刊行された雑誌であり、前年に「白痴」「堕落論」を発表し、戦後初の流行作家となった坂口安吾（一九〇六年一〇月二〇日–一九五五年二月一七日）をホストに起用、戦前もっとも世の中を騒がせた女、阿部定を誌面に載せた、スキャンダルと文学をミックスさせたもので、後の文春イズムがすでに終戦直後から花開いている。

男を殺害し、男性器を切り取り、持ち歩き逮捕された事件の犯人としてあまりにも有名な阿部定は、一九〇五年（明治三十八年）五月二十八日、東京市神田区新銀町（現東京都千代田区神田多町）、畳屋の八人兄妹の末娘として生まれた。

十四歳のとき大学生に強姦されてから、人生が狂い出す。十代のころには不良少女として浅草界隈では有名になり、奔放な日々を嘆いた父から芸者の道を歩むようにと進められる。

客と寝る枕芸者として生きるうちに、娼婦として働くようになる。

気品のある和風美人だったために愛人には不自由せず、その一人に既婚者の石田吉蔵《きちぞう》がいた。

二人は心身ともに相性があい、とりわけ吉蔵は強度の被虐性愛があったために、互いの肉体を求め合ううちにエスカレートしていく。旅館で二人は延々と交接しつづけ、二匹の獣と化した。吉蔵から「首を絞めてくれ」と懇願され、阿部定は睡眠中に絞めて殺害してしまう。

妻帯者の吉蔵を自分だけのものにするにはこうするしかなかった、と阿部定は思った。

ここまで過激でなくても、SMプレイには事故はつきものであり、SMプレイ中に事故死するケースはあとをたたない。阿部定と吉蔵のケースも究極のSMプレイだったのだろう。阿部定の、もっと一緒にいたい、という欲求は吉蔵の男根を切断して和装の懐に忍ばせることで完結した。吉蔵の遺体には、「定、石田の吉二人キリ」と血糊で記されていた。

阿部定が逮捕されると日本中が大騒動になる。美形の上に男を追い求める情念は、不思議なことだが男性側に多くのファンを産み落とした。

裁判は懲役六年という軽い刑になり、釈放されてからは有名人になってしまったことから居場所を転々とする。主な職場は飲食業、旅館業であった。戦後は身分を隠し、一般市民と結婚、ところが『お定色ざんげ』で阿部定のことが暴露され、気づいた夫が阿部定のもとを去ってしまう。

坂口安吾との対談で登場する裁判問題は、この『お定色ざんげ』を指している。

対談した昭和二十二年、坂口安吾は流行作家第一号として飛ぶ鳥を落とす勢いだった。読書好きの阿部定にしても当然、その高名ぶりは知っていただろうし、坂口安吾だからこそ隠遁していた阿部定が登場したということが誌面からも伝わってくる。

身分を隠しひっそりと生きていたはずの阿部定だったが、戦後になっても世間は阿部定事件を記憶し、飲食店で働いていても阿部定目当てに来る客がたくさんいた。阿部定自身も、スキャンダラスな自分をもてあまし、隠遁していたわりには阿部定劇団を起ち上げてみずから阿部定を演じる、という自己撞着したところもあった。

男女の欲情のためには命さえも奪ってしまう熱情の女、というイメージがつきまとう。事件当時、阿部定を逮捕した警察官たちも阿部定を囲みながらどこか優しげだし、戦後も坂口安吾をはじめとして多くの作家、文化人が阿部定のファンとなった。

坂口安吾も阿部定には大甘、恋い焦がれたアイドルに会ったような純情ぶりが面白い。

流浪の人生を送ってきた阿部定の公式の姿が最後に確認されたのは、石井輝男監督作品『明治・大正・昭和　猟奇女犯罪史』に登場したときであった。六十三歳になった和装の阿部定本人が橋のたもとで取材に応じている。

「殺してくれって何遍もわたしに言ったんだからね。だからあそこを出るとき何かを持っていきたいという気持になるのは当たり前のことでしょ。そしたら男の人のモノを持っていくしかないわね」

最後に伝説の女は「ごめんなさい」と頭を下げて足早に去っていった。

阿部定の凛とした存在感は迫力十分である。

阿部定の消息はこの映画以後不明となり、おにぎり屋で働いていたり、浅草で店員として働いていた事実を含めて様々な目撃証言、未確認情報も混ざり、現在に至る。

いまなお、阿部定を見た、という噂が流れ、生存説も消えない。二〇一八年現在、生きているとしたら百十三歳になる。

「花魁少女」「続　花魁少女」

薔薇蒼太郎（一九〇〇年八月五日－一九七一年七月二日）は、江戸川乱歩の実弟、平井通であり、平井蒼太というペンネームも持っていた。

乱歩・平井太郎は言うまでもなくわが国の探偵小説生みの親であり、大正／昭和にかけて名作を相次ぎ発表してきた偉大な作家であった。

乱歩には二人の弟と一人の妹がいた。長弟・通（薔薇蒼太郎）、末弟・敏男、妹は年の離れた玉子という愛らしい女子であり、『探偵小説四十年』（講談社版）グラビアではおかっぱ頭の玉子が写っている。玉子は結核で幼いうちに死亡している。

乱歩には浮世絵、錦絵をはじめとした収集癖があったように、長弟・通も風俗文献の収集癖があった。乱歩が作家としてデビューする前、文京区千駄木の団子坂で、太郎・通・敏男三兄弟が三人書房という小さな古本屋を開いた。この店は、後に乱歩初期の代表作「D坂の殺人事件」（一九二四年・大正十三年）のモデルとして登場する。

それは九月初旬のある蒸し暑い晩のことであった。私は、D坂の大通りの中ほどにある、白梅軒という、行きつけの喫茶店で、冷しコーヒーを啜っていた。

冷やしコーヒー、というのがいかにも大正風味を醸し出している。

乱歩は『新青年』に掲載された「二銭銅貨」で華々しくデビュー、「心理試験」「パノラマ島奇談」と相次ぎ傑作を書き、探偵小説界の父と呼ばれる。一方、次兄・通は体が弱く、カリエスになり療養生活を送る。

乱歩三兄弟は仲がよかった。

通の療養費を乱歩が補助し、玉子が結核になると末弟の敏男は感染を恐れずに平気で玉子の同じ湯飲みで水を飲んだ。長兄乱歩が昭和六年に平凡社から初の全集を出すとき、全集の表紙に金色の生地を使ったピカピカのマントを着た黄金仮面を登場させようということになり、金色マントをはおった末弟敏男が落下傘で空から飛び降りようとしたこともあった（直前で止められた）。

戦前活躍しながらいつの間にか消えた探偵作家の消息を追った『幻の探偵作家を求めて』（鮎川哲也著・晶文社）に、探偵作家としての平井蒼太（薔薇蒼太郎）が登場する。同書によれば、五本の短編小説を風俗研究誌『あまとりあ』に発表している。

「花魁少女」「続花魁少女」も『あまとりあ』に掲載されたものだ。「花魁少女」は幻の作品と見なされてきたもので、おそらく薔薇蒼太郎の創作小説として、掲載誌以外では初めて公になるのではないか。

薔薇蒼太郎の収集癖のひとつ、花街に関する資料があった。戦後は後楽園球場に勤務しながら執筆活動をつづけ、豆本、雛絵本という当時静かな流行となった超小型のオリジナル本を制作、薔薇蒼太郎の名は探偵小説よりもむしろ風俗史研究家、豆本作家としてのほうが有名なくらいだ。

本書に採録した「花魁少女」「続花魁少女」は、陶器のような肌をした十三、四歳の少女を称える作品である。白木という作者を思わせる虚無的な男は、浅草の木馬館に吸い寄せられる。ジンタのメロディ、木馬の走行音、子どもたちの歓声、「ごうごうがっくん・ごろごろがっくん地響させて廻る木馬台」（本書三〇ページ）。

この描写で思い浮かぶのは兄乱歩が発表した「木馬は廻る」のシーンだろう。

兄と弟、下町の木馬に引き寄せられるのだ。

陶器の肌をしたひめ子と呼ばれる少女に、白木は虜になる。少女愛というのは結局、陶器のような素肌を求めるところに帰結する。十代少女の素肌は悪魔的な魅力を放つ。純な存在のはずの少女には、こんな毒を含んでいる。

「ちっとも花魁にはしてくれないのねぇ――あたい花魁になった夢を考えるのが、一等うっとりとして楽しいのよぅ。あんなうっとりとしたことで、毎日毎日を送るんなら、きっとあたいはミルクになって、溶けて流れてしまうんだわねぇ」（本書六四ページ）

ひめ子の告白は、女のもうひとつの顔をさらしている。人間は自分の存在価値を常に気にするものだ。自分が貨幣に換算していくらになるか、という意識が存在する。ある援交少女は、中年になったいま、当時の心境を回想して、「自分をいくらで援助してくれるのか、それは自己肯定につながりました」と告白した。

女が体を売ることに嫌悪感を催すのはむしろ男のほうである。

薔薇蒼太郎は兄乱歩に比べると小柄、とされるが興味深い事実がある。乱歩の孫、憲太郎氏に私が祖父の思い出を尋ねたところ、乱歩の身長は「百七十（センチ）もなかった」ということだった。

江戸川乱歩というと同時代の作家に比べて頭ひとつ分超えた大柄な人物、というイメージがある。これは乱歩を称する際に、大乱歩、巨人、といった尊称で呼ばれることにもよるだろう。

あれは一九九一年の初頭か。

曇り空のなか、仕事で池袋の立教大学近くを歩いていたら、平井太郎の表札が目にとまった。乱歩終焉の邸宅だ。私はふらふらと引き込まれるように玄関前に立った。こころよく招き入れてくれたのは、乱歩の一人息子、立教大名誉教授の平井隆太郎その人であった。

応接間の床には、探偵小説資料としても重要文化財的価値のある『貼雑年譜』が数冊、置かれているではないか。実物を手にとらせていただいたとき、これは夢だと思った。

乱歩は自作にことのほか厳しく、大半の自作に否定的だ。

自伝的名著『探偵小説四十年』では、そんななかでも「押絵と旅する男」はもっともまともな作品だと思う、とさりげない評価をしている。この作品は純粋な探偵小説ではなく耽美小説である。

私は隆太郎氏と直接接した機会を逃すまいと、父君・江戸川乱歩は自作で評価していたものはないのでしょうか、と尋ねてみた。すると立教大名誉教授はにこやかな顔で答えた。

「ああ、『陰獣』はよく書けた、と書き終わったときに言ってたのを憶えてます」

自作にことのほか厳しかった乱歩は、「陰獣」を昔のものと変わらぬマンネリ的な作品、というようにさほど高い評価を与えていなかったが、内心では被虐趣味に彩られた本格的中編探偵小説「陰獣」に自信を持っていたのだった。

乱歩の御子息から出たこの証言は、乱歩研究のなかでも一つのスクープだと私は思っている。

「恐るべき娘達」

武野藤介（一八九九年四月三日－一九六六年七月二五日）は幻の作家の一人だろう。

昭和二十年代から三十年代にかけて活躍した小説家でありエッセイストであった。

岡山県岡山市出身。活動歴は古く、早大文学部露文を中退、新聞、雑誌記者を経て独立、戦前から小説、エッセイ、文壇ゴシップ等を執筆した。

戦後は同時代を舞台に男女の艶事を題材に娯楽作品を量産した。いまでは死語と化した〝艶笑文学〟の代表的作家であった。性風俗誌『あまとりあ』を中心に作品を発表、なかでも人妻物は人気を博した。社会問題から人妻まで量産した作家として梶山季之《かじやまとしゆき》がいるが、武野藤介は早すぎた梶山季之とでもいおうか。現代ではすべての作品が絶版となり、話題にすら上らない謎の作家になっている。

軽いタッチの大衆作家は売れているときは勢いがあるが、忘れ去られる速度も速い。謎めいた作家武野藤介について探求するとき、有力な資料として存在していたのが性風俗研究誌『あまとりあ』の発行元であるあまとりあ社であった。

三十年ほど前、独身時代の私は新宿区のはずれ西落合に住み、朝の散歩コースとして近くにある哲学堂公園をそぞろ歩くのを楽しみにしていた。哲学堂公園近くの高級住宅地松が丘のある一画に古びた木造家屋があった。ふと門柱を見ると、「あまとりあ社」の文字が……。

まさか昭和二十年代の伝説の雑誌がこんなところに息づいていたとは。終戦後、突然変異のごとく出現した幻の性風俗誌『あまとりあ』。隣には親会社「久保書店」という表札も並んでいる。とっくの昔に地上から消えたと思っていた版元がいまだに存在していた！

それ以来、散歩の途中に通り過ぎる「あまとりあ社」は気になる建物になっていた。

あまとりあ社から発行された手帳サイズの性研究記事が網羅された、俗称「エロ手帳」を取材するのをきっかけに、私は念願だったあまとりあ社に足を踏み入れた。

驟雨《しゅうう》の松が丘――。あまとりあ社の親会社久保書店・あまとりあ社創業者久保籐吉の初孫、久保達哉三代目社長に出迎えられた。ほぼ私と同世代である。

昔の小学校の教室のような懐かしい木造社屋だ。

「昭和二十年八月六日に母屋を買い取って、引っ越してきたんですが、どんどん人数が増えたので建て替え建て替えして昭和三十年に現存の形になったということです」

久保社長の御母堂が正確な日付を記憶されているのも、広島に原爆が投下された日ということもあるのだろう。

久保籐吉は戦前、印刷製本業を営み、製本所がこの付近にたくさんあったので、松が丘に引っ越してきた。戦後、庶民が活字に飢え、印刷物なら飛ぶように売れた時代に、久保籐吉も出版業に進出、大元社という出版社を設立した。

高橋鐵という在野の性科学研究家・作家がいた。彼が書く性の深淵に関心をもった久保籐吉は高橋鐵と組み昭和二十四年、『あます・あまとりあ』という体位の研究本を刊行、これが爆発的に売れ、昭和二十八年、現在の地に一般書を扱う久保書店とあまとりあ社をほぼ同時に設立し現在に至る。『あるす・あまとりあ』は定期刊行雑誌『あまとりあ』として月刊誌になり、これもよく売れた。いまでも古書店の棚には『あまとりあ』が顔をのぞかせている。

この『あまとりあ』に毎号のように寄稿してきたのが武野藤介であった。『あまとりあ』がいかに武野藤介をかっていたかは、一九五八年（昭和三十三年）、あまとりあ社から『武野藤介風流文学自選集』全八巻が刊行されたことでもよくわかる。

絣の生地を本の表紙回りにした豪華な箱入り書籍であり、いまではこんな立派な装丁の選集を出すのは不可能だろう。大量生産体制をとる前の出版業界ならではの、手のこんだ工芸品のような選集だ。

私と本書の担当編集長が母屋の日本家屋でお茶をご馳走になる。甲冑など江戸時代の古風な置物があり、昭和の薫りが漂う家屋である。久保三代目代表が「こんなものもあるんですよ」と、絣の反物を示した。何重にも重なり折られた絣の反物である。

おや。どこかで見かけた記憶が。

もしかして『武野藤介風流文学自選集』の表紙に使用されたあの絣の生地ではないか。久保三代目代表も昭和三十三年の出版物に使われた生地が、自宅に保存されていたとは、この時点で知らなかった。編集部のあるあまとりあ社の木造家屋も終戦直後からのものだし、在庫置き場には半世紀以上たった雑誌、書籍がそのまま残っている。あまとりあ社、物持ちがいいぞ。

「恐るべき娘達」は『武野藤介風流文学自選集　第一巻』からとった。作品の舞台になった年代を考察してみよう。

「千円札がまだ出る前」というから、千円札発行開始日が昭和二十五年一月七日、このときより前であり、もうひとつのヒント、ラジオ番組「私は誰でしょう」が流れている時代、ということは同番組が昭和二十四年から開始されたので、ふたつの事実関係から類推すると、本作品は昭和二十四年ということになる。

終戦から四年、やっと東京も復興しだしたもののまだ街角には焼け跡が残る時代だ。街頭に立つフリーランスの街娼、パンパンも上野や新宿でよく見かけた。

本作では矢野画伯という五十代前半の好色な男が登場する。武野藤介作品にはしばしば画伯が登場するが、おそらく知り合いにこんな画家がいたのだろう。

昭和二十年代らしく、人妻は和装であり、浮気するときでも、痔で悩む亭主がトイレに行っている十分間で人妻を寝取る。その際、「和服のほうが、便利」というのだから、この時代、和装の人妻はいざというとき和服を脱がずに肉交したのだろう。

本作の主人公「僕」は作者武野藤介を投影した小説家であり、実物の武野藤介よりも五、六歳若い設定である。

新宿で「僕」に声をかけてきた女子医大生・宇津木光枝。生活費稼ぎで雑誌五冊をまとめて売る、いわゆるゾッキ本売りで稼いでいる。それだけでは食えないので、街頭で客をひくのだ。

「僕」を阿佐ヶ谷の宇津木光枝が暮らすアパートに連れ込み、いざ、となるのだが、口とは裏腹に彼女の体は小刻みに震えている。

「僕」は宇津木光枝に学費としてカネを渡そうとするのだが――。

都会の影ですれ違う男女の淡い交流を描いた好短編である。

「洲崎パラダイス」

須崎は現在の江東区東陽町あたりの旧地名であり、戦前この地に洲崎遊郭があった。

空襲で灰燼と化したものの、戦後洲崎パラダイスの名称で新たに赤線地帯となり、吉原以上の活況を呈した。

芥川賞作家・芝木好子（一九一四年五月七日－一九九一年八月二五日）が一九五五年（昭和三十年）

に発表した「洲崎パラダイス」は、さまよい歩きこの地に居着いた男女の物語を綴った佳作である。無職の義治と一月前まで娼婦だった蔦枝。一坪半の小さな居酒屋でしばしの休息をとった二人は、この地で職に就こうとする。

義治と蔦枝、居酒屋の女将、中年客の落合。それぞれの人物視点による内面描写と物語進行がこの作品の特徴であり、重層的な構造になっている。

一度は義治から離れて他の男に走る蔦枝だが、結局また義治のもとへもどる。蔦枝の心理は、ダメ男に振り回される女の行動パターンである。ダメだからこそ自分がなんとかしなければ、とダメ男に尽くす。ダメ男は自分のダメさ加減が女をつなぎ止める魅力になっている、と無意識のうちに感得し、男女は共依存の罠にはまって堕ちていく。風俗業界で働く女たちによく見られるケースである。

海に近い洲崎パラダイスは風情ある色街として、川島雄三監督による「洲崎パラダイス赤信号」（一九五六年・昭和三十一年）が制作された。義治役には三橋達也、蔦枝役には新珠三千代《あらたまみちよ》、女将には轟《とどろき》夕起子。

近年、川島雄三再評価の気運が高まったこともあって、映画とその舞台になった洲崎パラダイスも思わぬ脚光を浴びることになった。

売春防止法施行（一九五八年・昭和三十三年）直前に撮られたこの映画には、貴重な赤線時代の光景が記録されている。

「人魚の姪」

龍胆寺雄（一九〇一年四月二七日－一九九二年六月三日）も幻の作家であろう。慶應義塾大学医学部を中退し、「アパアトの女たちと僕と」「放浪時代」といった作品を発表、都会的な作風をあらわすモダニズム文学の旗手として華々しくデビューした。

流行作家の頂点に立った一九三四年（昭和九年）、〝事件〟が起きる。「M子への遺書」という小説で、当時の文壇の大御所菊池寛、川端康成の実名をあげて文壇の腐敗を暴露し、代作の横行を批判した（当時は代作がまかり通っていた）。

にらまれた龍胆寺雄は文壇から干され、発表する場を失い消えた、とされる。これには異説もあり、龍胆寺雄の被害妄想がかなりの部分入っているとも言われる。

実際は、小説が書けなくなったのではないか。同時期、モダニズム文学の作家として活躍した吉行エイスケも作家活動をやめて株の投資家になっているのだが、息子の吉行淳之介によれば、書けなくなったのだろう、ということだった。

小説では、創作力が枯渇して書けなくなる悲劇がある。

終戦後、龍胆寺雄は復活し、創作小説を発表しながら、趣味のサボテンに没頭し、世界的なサボテン研究家になる。

「人魚の姪」を書いた一九五七年（昭和三十二年）当時、龍胆寺雄はサボテンの研究書を相次ぎ刊行しながら本作品のように男女のエロスを描いた都会型の小説を発表し、息の長い創作活動をみせている。

作中には昭和三十年代初頭の東京が息づいている。

この時代、健康的で若い女を示す〝鮎〟という例えがよく目につき、本作でも一三八ページに「鮎のようにしなやかに」という描写が登場する。現在では見られぬ表現だろう。

昭和三十年代初頭、アイフォンもＳＮＳも無い時代、中年男性と若い女が何で出会うかというと、本作のように街角で立っている女に声をかけるのが手っ取り早かった。終戦からまだ十年足らず、街角にはフリーランスの街娼、パンパン、たちんぼ、と呼ばれる女がたむろしていた。

九〇年代から盛んになった援助交際という名の男からの女への有償性交渉は、東京という物価高の街で一人暮らしの女子大生、ＯＬにとって副業のひとつになったが、すでに昭和三十年代から存在していた。造船用内燃機関会社の重役・雀部良介を愛人にもつ朝吹由美子は高校を出たばかり、神田のほうで電気計器会社の事務員をつとめている。

「朝吹由美子の睫毛には、こまかく霧のつぶがくっついて、それにも街の灯りがうつり、無数に蕩揺《とうよう》する虹の輪が、彼女の視界をおぼろにしていた」（本書一三八ページ）

雨にきらめく銀座の夜景が目に浮かぶようだ。

「あたくし、失礼させてね！　あたくし、どうしてもつかまえなければならない人がいるの」（本書一三九ページ）

日活の石原裕次郎主演映画に登場する芦川いづみが話しているようだ。

本作の主演、朝吹由美子は雀部良介だけではなくパトロンに水島要蔵という男がいる。その水島と那須野の温泉に滞在する。そこで青年・下位彌一郎と偶然知り合う。

若者同士の恋愛に発展するのか。

下位青年の名刺には東京の超一等地松濤の住所と、電話番号が三つも入っていた。人魚は上半身が人間でも下半身が魚のために、決して人間と恋愛関係にはなれない。

龍胆寺雄らしいモダニズムな展開である。

「芸妓の掟」

戸山一彦も謎の作家である。

活動期間は昭和三十年代の一時期であり、そのほとんどがあまとりあ社の雑誌、書籍で見られるだけだ。

戸山一彦はペンネームであり、本名はあの野坂昭如（一九三〇年一〇月一〇日－二〇一五年一二月九日）とされる。

あまとりあ社の親会社・久保書店から一九六二年（昭和三十七年）に発刊された『現代野郎入門　これがプレイ・ボーイだ』の著者が野坂昭如である。この書によって野坂昭如は黒眼鏡のプレイボーイ、として一躍売れっ子になる。

放送作家や童謡・CMの作詞（代表作に「オモチャのチャチャチャ」、「伊東に行くならハトヤ」など）をしていたこともあり、この時期、野坂昭如は雑文王とでもいうべき存在だった。一九六七年（昭和四十二年）に、「火垂るの墓」、「アメリカひじき」で直木賞受賞、流行作家の仲間入りを果たす。

久保書店から一九七五年（昭和五十年）に刊行された『野坂昭如　雑文の目』は、野坂のエッセイを網羅した集大成的なものであり、野坂が大手からではなく久保書店から出したのも両者の昔からの良好な関係がうかがわれる。

「芸妓の掟」はあまとりあ社から一九六一年（昭和三十六年）に刊行された『夜ごとの素肌』収録の一編であり、昭和三十年代の芸妓たちの置かれた劣悪な環境をえぐり出している。

十八歳と十七歳の未成年女子が松本タマというあくどい女に売られて、六十代、七十代の禿げ爺さんに体を求められていく被虐の宴がこれでもかと描かれている。

体言止めが頻発し、文章が長くつづく独特の野坂文体は目立たないが、野坂の初期作品に見られる救いようのない悲惨な話が、すでに戸山一彦時代に見られる。

あまとりあ社の古びた木造社屋で発掘したもう一人の野坂昭如に、私は感慨無量だった。

「あゝ水銀大軟膏」

野坂昭如の初期作品群には終戦後の大学生を描いた作品が多い。なかでも本作は、赤線地帯の女に棲息していた毛ジラミを扱った異色作である。

人間の陰毛にしか棲息できない毛ジラミというおぞましい生き物に感染した男たちの悲喜劇を描いたもので、かゆみに苦しめられながらも、治ったとたん、あのかゆみが懐かしい――被虐的快感は野坂の真骨頂だ。

水銀軟膏は現在では公害病を招きかねないために発売禁止されている。三十年ほど前にはソープ街の薬局屋でひっそり水銀軟膏が売られていたが、現在ではまず見つけることが難しい。

いまではスミスリンパウダーが主流で、薬局屋で売られている。マンションヘルスで遊んだ際に毛ジラミ被害にあった友人は、本書に書かれているようないてもたってもいられないかゆみに襲われ、スミスリンパウダーを買い求めた。水銀軟膏は劇的に効くのだが、スミスリンパウダーはそこまでの劇的な効き目は期待できず、一週間以上、股間にパウダーを振りかけていた。

「薬局屋では『子どもの髪の毛に毛ジラミがついたので何かいい薬ありませんか』って尋ねたんだ」

小学生の間で頭ジラミが大流行しているので、友人は都合のいい言い訳を店員に言って対面を保ったのだった。

野坂昭如が描く短編は野坂が早大生だった昭和二十年代後半から三十年代前半がしばしば舞台になっている。酒と女と文学を愛する好漢たちの物語を読み、私も大学生活に憧れたものだ。

七〇年代前半、学園祭でもっとも人気があった歌手は間違いなく野坂昭如だった。クロード野坂という芸名で歌手活動をしていた野坂は、「黒の舟歌」「マリリン・モンロー・ノー・リターン」といった黒い名曲をひっさげて深夜テレビにも出演、女子大の学園祭に招かれてステージに立った。そのとき録音されたLPまで発売された（私も所有している）。

大学入学した私が企画系サークルに入部したのも、野坂昭如のライブを主催しようとしたからだった。残念ながらそのころ野坂昭如は政治活動と稲作に関心が移ったために、ライブは実現できなかった。

いまでも野坂昭如は青春期の思い出とともに甦る。

「雄琴トルコ・ボーイ体験ドキュメント」

風戸遊。

風と遊ぶ。

一度見たら忘れられない名前だ。

私が風戸遊の存在を知ったのは、マガジンハウスから出ていた『ダカーポ』や『鳩よ！』で彼がコラムや掌編小説を書いていたときからだった（時々、私と掲載誌がかぶるときもあった）。

風戸遊は一九八〇〜九〇年代の雑誌群で活躍した書き手であり、守備範囲は、書評、グルメレポート、風俗探訪、インタビュー、官能小説と幅広い。

二〇〇〇年代に入って、いつしか名前を見かけることが少なくなった。

フリーランスの世界には五十代定年説がある。五十代になるとたんに仕事の依頼が激減する、というジンクスだ。発注する側が年下になり発注しづらくなったり、発注される側も感性が鈍くなり、時代遅れになってしまう、というのが原因である。

風戸遊の名前はいつしか消えた。

風のように。

「小さくなりましたねえ。昔はもっと大きなラジカセみたいなやつで録音して取材してましたよね」

テーブルに置かれたＩＣレコーダーを見て、風戸遊がつぶやいた。

私鉄沿線、郊外の駅の喫茶店で本人と出会えた。

風戸遊が消えた真相は、実は糖尿病と心筋梗塞を患い死地をさまよっていたのだった。

風戸遊。本名・佐藤政司。一九五一年青森県生まれ。

幅広い守備範囲をこなす風戸遊は、ＢＭＷを乗りこなす粋なシティボーイを想像したものだったが、実物は素朴な中年男性だった。

「結婚したころから二リットルのジンジャエールを毎日飲んでたら二十キロ太った（笑）。いかにもコレステロールの溜まりそうな脂ぎったものばかり食するようになってしまって、夕食は仕事の都合で遅くなることが多くて、じゃあ焼き肉屋に行こうかという日々がつづいてしまったんです。仲のいい落語家の快楽亭ブラックと美味いと評判の店を探しだし、ふたりで食べに行き、記事を書くという、僕も快楽亭も三十代前半で、気力体力も十分で欠食児童のようによく食べました。焼き肉は新宿の「長春館」、わらじのような大トンカツは銀座の「煉瓦亭」、カツカレーは新宿の「王ろじ」、すき焼きは浅草の「今半」、ハヤシライスは浅草の「ヨシカミ」、ふぐは同じく浅草の「三浦屋」、鮟鱇《あんこう》は神田の「伊勢源」、蕎麦は並木の「藪」、池波正太郎が愛した神田の「まつや」、どじょうは浅草の「飯田屋」の丸鍋、ラーメンは西新宿「満来」の超ビッグチャーシューラーメン、安藤鶴夫の小説に登場する池之端「牛鍋屋」もいいし……」

すでに絶滅した無頼派という言葉がよく似合う。

風戸遊とつながったのはSNS時代らしくFacebookだった。

風戸遊が本作を書くきっかけになったのは、それまでのトルコ記事に不満をもっていたことによる。商品としての女よりももっと人間としての彼女たちを知りたかった。だから一通りの取材などでは物足りない。そこで八〇年代に活況を呈した雄琴のトルコ風呂で一ヶ月間、ボーイで働くことにしたのだった。

トヨタの自動車工場に季節工として雇われて過酷な現場の実態をレポートした鎌田慧《さとし》『自動車絶望工場』（一九七三年）が世間に衝撃を与えたが、風戸遊はトルコ風呂版として雄琴のトルコ風呂店に男子従業員として潜入したのだ。

こんな体当たり記事は風戸遊しかできない。本作品は八〇年代、もっともトルコ風呂が元気だった時代に内側からのぞいた希有なレポートである。

体当たりレポートはさらにつづく。高田馬場にあったブルセラショップに店員として潜入する。

「ブルセラの店員になって働いた話を書いたのも、たまたま自分が書けるテーマとして、ブルセラで店番やっていたころだったからですね。トルコ風呂の記事はライバルがたくさんいるけど、他の人たちがやらないジャンルとして何ができるか。『FOCUS』にブルセラの店が載ってそれ見て取材に行って店に通っているうちに店長と仲良くなって、店番任されるようになった（笑）」

退院後は体力を奪われ、原稿執筆もままならず、膨大な蔵書は梶山季之以外すべて売り払い、家賃の安い公団に引っ越した。

十年以上無職状態。最近になって執筆活動を再開しだした。膨大な記事と八〇年代の風俗街を写したモノクロ写真は当時を知る貴重な資料だ。

『色街旅情』に採録した作品群のなかで唯一現存する書き手である。

豊富な体験を生かし、息の長い作家活動をこれからもつづけられんことを。

＊＊＊

本書に収めた作品群の多くは昭和二十〜三十年代を舞台にしている。

いまよりも身だしなみには気を遣い、男たちは髪にポマードをなでつけ、革靴をはき、携帯用の靴べらをポケットに入れていた。初対面の人間に会うときは、お互い煙草を勧めたり勧められたり、ライターで相手の煙草に火を付けてやるのもマナーのひとつだった。大人の男の近くに寄ると、整髪料と煙草の匂いがしたものだ。

昭和はいまよりずっと匂いが強い時代であった。

『色街旅情』はそんな昭和の匂いを宿した懐かしい色情模様を発掘した。

昭和とはなんと艶めいた時代だったのだろう。

あまとりあ社のノスタルジックな木造社屋は、残念ながら昨年、老朽化のためとり壊された。

昭和がますます遠ざかる。

初出一覧

坂口安吾・阿部定対談「真率なる人生記録!!」……『座談』一九四七年一二月号
坂口安吾「阿部定さんの印象」……『座談』一九四七年一二月号
薔薇蒼太郎「花魁少女」……『あまとりあ』一九五一年一月号・二月号
武野藤介「恐るべき娘達」……『あまとりあ』一九五二年二月号
芝木好子「洲崎パラダイス」……『中央公論』一九五四年一〇月号
龍胆寺雄「人魚の婬」……『官能の夜』あまとりあ社、一九五七年
戸山一彦（伝野坂昭如）「芸妓の掟」……『夜ごとの素肌』あまとりあ社、一九六一年
野坂昭如「あゝ水銀大軟膏」……『小説現代』一九六六年六月号
風戸遊「雄琴トルコ・ボーイ体験ドキュメント」……『ＨＯＴ　ＳＨＯＴＳ』一九八一年四月号～五月号

底本

坂口安吾・阿部定対談「真率なる人生記録!!」……『座談』一九四七年一二月号

「阿部定さんの印象」……『坂口安吾全集　05』筑摩書房　一九九八年

「花魁少女」……『あまとりあ』あまとりあ社　一九五一年　一月号・二月号

「恐るべき娘達」……『武野藤介風流文学自選集　第一巻』あまとりあ社　一九五八年

「洲崎パラダイス」……『芝木好子作品集第一巻』読売新聞社　一九七五年

「人魚の姪」……『官能の夜』あまとりあ社　一九五七年

「芸妓の掟」……『夜ごとの素肌』あまとりあ社　一九六一年

「あゝ水銀大軟膏」……『野坂昭如コレクション』国書刊行会　二〇〇〇年

「雄琴トルコ・ボーイ体験ドキュメント」……『HOT　SHOTS』一九八一年四月号～五月号の記事に、著者自身が加筆・再構成した。

・難読と思われる語にふりがなを加えました。
・新字新仮名表記に改めました。
・本文中、今日では差別表現につながりかねない表記がありますが、作品に描かれた時代背景、作品の文学性と芸術性、そして著者が差別的意図で使用していないことなどを考慮し、底本のまま掲載しました。

本橋信宏（もとはし・のぶひろ）

1956年埼玉県所沢市生。早稲田大学政治経済学部卒。私小説的手法による庶民史をライフワークとしている。現在、都内暮らし。半生を振り返り、バブル焼け跡派と自称する。執筆内容はノンフィクション・小説・エッセイ・評論。著書に『裏本時代』『AV時代』（共に、幻冬舎アウトロー文庫）、『新・AV時代 悩ましき人々の群れ』（文藝春秋）、『心を開かせる技術』（幻冬舎新書）、『〈風俗体験ルポ〉やってみたらこうだった』『東京最後の異界 鶯谷』『戦後重大事件プロファイリング』（以上、宝島SUGOI文庫）、『60年代 郷愁の東京』（主婦の友社）、『迷宮の花街 渋谷円山町』（宝島社）、『エロ本黄金時代』（東良美季共著・河出書房新社）、『上野アンダーグラウンド』、『新橋アンダーグラウンド』（以上、駒草出版）など多数。

紙礫EX 1 色街旅情

２０１８年２月１日　初版発行
定価　１８００円＋税

編　者　本橋信宏

発行所　株式会社皓星社
発行者　晴山生菜
編　集　谷川　茂

〒１０１-００５１　東京都千代田区神田神保町３-１０
電話　０３-６２７２-９３３０
e-mail　info@libro-koseisha.co.jp
ホームページ　http://www.libro-koseisha.co.jp/

装幀　小林義郎
組版　米村　緑
印刷・製本　精文堂印刷株式会社

落丁・乱丁本はお取替えいたします。
ISBN 978-4-7744-0649-7 C0095